햄릿

Hamlet

세계문학전집 3

햄릿

Hamlet

윌리엄 셰익스피어

최종철 옮김

민음사

차례

등장인물   7

햄릿   9

작품 해설   217

작가 연보   235

등장인물

햄릿 덴마크 왕자

클라우디우스 덴마크 왕. 햄릿의 삼촌

유령 햄릿의 아버지인 선왕의 혼령

거트루드 왕비. 햄릿의 어머니. 지금은 클라우디우스의 아내

폴로니우스 재상

레어티스 폴로니우스의 아들

오필리어 폴로니우스의 딸

호레이쇼 햄릿의 친구이자 의논 상대

로젠크랜츠
길든스턴 ⎤ 궁정인, 햄릿의 옛 학교 친구들

포틴브래스 노르웨이 왕자

볼티맨드
코넬리우스 ⎤ 덴마크의 중신. 노르웨이로 가는 사신들

마셀러스
바나도 ⎤ 왕의 근위대원
프란시스코

오스릭 멍청한 궁정인

레날도 폴로니우스의 하인

배우들

신사

사제

두 광대 묘지기들

노르웨이군 부대장

영국 사신들

귀족, 귀부인, 군인, 선원, 사자 및 시종들

장소 엘시노어의 궁정 및 주변 지역

1막 1장
두 보초, 바나도와 프란시스코 등장.

바나도	누구—냐?
프란시스코	아니, 내가 묻는다. 서라, 누군지 밝혀라.
바나도	국왕 만세!
프란시스코	바나도?
바나도	나야.

바나도   누구—냐?

프란시스코   아니, 내가 묻는다. 서라, 누군지 밝혀라.

바나도   국왕 만세!

프란시스코   바나도?

바나도   나야.   5

프란시스코   정확하게 제시간에 맞춰 왔군.

바나도   막 12시를 쳤어. 자러 가, 프란시스코.

프란시스코   임무 교대, 대단히 고마워. 추위는 매섭고
내 마음은 울적해.

바나도   경계 중 조용했나?   10

프란시스코   쥐죽은 듯했어.

바나도   그럼, 잘 자.
호레이쇼와 마셀러스를 만나거든
내 보초 짝인데 서두르라고 해 줘.

프란시스코   기척이 난 것 같아.

호레이쇼와 마셀러스 등장.

1막1장장소 엘시노어 왕성 위의 망대.
1행누구—냐 현재 경계 임무를 맡고 있는 프란시스코가 물어야 될 말을 교
대하러 들어오는 바나도가 묻고 있다.

	거기 서라! 누구냐?	15

호레이쇼 이 땅의 친구이고.

마셀러스   나라님의 신하이다.

프란시스코 밤새 무사하게.

마셀러스 오, 잘 가게 성실한 병사여, 교대는 누가 했지?

프란시스코 바나도가 내 자릴 맡았어. 밤새 무사하게.

                                          (퇴장)

마셀러스 이보게, 바나도!   20

바나도 어, 아니 거기 호레이쇼인가?

호레이쇼 그 사람의 일부이지.

바나도 어서 와, 호레이쇼. 어서 오게, 마셀러스.

호레이쇼 아니 그게 오늘 밤에 또다시 나타났어?

바나도 아무것도 못 봤는데.   25

마셀러스 호레이쇼는 우리 눈에 두 번이나 비쳤던

           이 무서운 광경을 믿으려 들지 않았어,

           그건 단지 우리의 환상일 뿐이라며.

           그래서 나와 함께 가 보자고 간청했지,

           오늘 밤 우리와 빈틈없이 지키다가   30

           만약에 이 귀신이 또다시 나오면

22행일부 호레이쇼가 악수하기 위해 내민 손은 분명히 보이지만 주위의 어둠 때문에 그의 전체 모습은 드러나지 않는다. 자기를 익살스럽게 줄여서 말하는 데서 호레이쇼의 회의적인 태도를 처음부터 엿볼 수 있다. (아든)

24행그게 유령은 앞으로 여러 가지 이름으로 불리지만 처음엔 정체불명의 사물을 지칭하는 어떤 것이다.

우리가 본 것을 확인하고 말 걸어 보도록.

호레이쇼 쯧쯧, 나타나지 않을 거야.

바나도   잠시 앉아

우리의 얘기에 드높게 담쌓은 자네 귀를

이틀 밤에 걸쳐서 우리가 본 것으로   35

다시 한번 두드려 보자고.

호레이쇼   그럼 우리 앉아서

바나도의 얘기를 한번 들어 보지 뭐.

바나도 마지막으로는 지난밤

바로 저 북극성 서쪽으로 떠 있는 저 별이

길 따라 흘러가 지금 타고 있는 곳의   40

하늘을 밝혔을 때, 마셀러스와 내가

그때 종은 1시를 울렸고─

유령 등장.

마셀러스 쉿, 그만해. 저것 봐, 그것이 다시 왔어.

바나도 이전처럼 가신 왕과 꼭 같은 모습으로.

마셀러스 자네는 학자야. 말 걸어 봐, 호레이쇼.   45

바나도 선왕과 같지 않아? 주목해 봐, 호레이쇼.

호레이쇼 꼭 같아. 난 두렵고 놀라워서 몸이 저려.

45행학자 호레이쇼는 유령에게 말을 걸 수 있을 만큼 학식이 있는 사람이다. (뉴케임브리지)

바나도	말 걸어 주길 원해.
마셀러스	질문해 봐, 호레이쇼.
호레이쇼	너는 대체 뭣이기에 밤늦은 이 시각을
	돌아가신 덴마크 왕께서 행진할 때 보였던 50
	훌륭하고 늠름한 모습으로 범했느냐?
	하늘에 맹세코 명령이다, 말하라.
마셀러스	기분이 상했어.
바나도	봐, 당당하게 걸어간다.
호레이쇼	멈춰라, 말하라, 말하라, 명령이다, 말하라.

(유령 퇴장)

마셀러스	가 버렸어, 대꾸하지 않을 거야. 55
바나도	괜찮아, 호레이쇼? 떨고 있고 창백하군.
	이건 환상 그 이상의 무엇이 아닌가?
	어떻게 생각해?
호레이쇼	신에게 맹세코 내 눈으로 직접 보고
	진실이란 보증이 없었다면 난 이걸 60
	믿지 않았을 거야.
마셀러스	선왕 같지 않은가?
호레이쇼	판박이나 다름없어.

48행 말…원해 당시 사람들의 믿음에 의하면 유령은 말을 걸어 주지 않는 상
태에서 먼저 말을 시작할 능력이 없다. (아든)
53행 기분이 상했어 호레이쇼가 '하늘에 맹세코' 말하라는 명령을 해서가 아
니라 유령이 찾고 있는 사람이 나타나지 않기 때문에. (아든)

바로 그런 갑옷을 선왕께서 입으셨지,
야심 많은 노르웨이 국왕과 싸웠을 때.
그런 인상 쓰셨어, 담판 중 노하여 썰매 탄   65
폴란드 놈들을 얼음판에 때려눕혔을 때.
이상한 일이야.

마셀러스 이렇게 이미 두 번, 정확히 이 깊은 시각에
보초 서는 우리를 보무당당 지나갔어.

호레이쇼 뭐라고 딱 부러진 생각은 못 하지만   70
내 어림짐작으로 이건 우리 나라에
무언가 이상한 사건이 터질 거란 징조야.

마셀러스 자 그럼 앉아서 알고 있는 사람이 말해 봐,
왜 이토록 엄하고 철통같은 경계로
이 땅의 백성들이 밤마다 고생하며   75
왜 이렇게 날마다 청동 대포 빚어내고
전쟁 물자 얻으려고 대외 무역 하는 건지
왜 이렇게 조선공을 징발하여 평일과
휴일도 안 가리고 고된 일을 시키는지
뭔 일이 닥쳤기에 이렇게 땀 흘리며 서둘러   80
밤과 낮을 연이어 일하게 만드는지
알려 줄 수 있는 사람 누구야?

호레이쇼   그건 나야.
적어도 귓속말은 이렇다네. 즉, 선왕에게
그 영상이 바로 지금 우리에게 보였는데
극도로 경쟁적인 자만심에 자극받은   85

포틴브래스 노르웨이 국왕이 알다시피
싸움을 감히 걸어왔었고, 용감한 햄릿 왕은
(온 세상의 평가가 그렇다고 했으니까)
이 포틴브래스 국왕을 살해한 바
그의 모든 소유지는 기사도의 법에 따라   90
제대로 비준된 계약서에 의하여
생명과 더불어 승자에게 몰수당했었지.
한편 우리 선왕도 못지않게 큰 땅을
담보로 잡혔었고 포틴브래스가 이겼으면
그건 그의 재산으로 돌아갔을 터이지,   95
원계약과 작성된 조문의 취지에 의하여
그의 몫이 선왕인 햄릿에게 넘어갔듯.
근데 이제 나이 어린 포틴브래스 왕자가
무절제한 성품에다 열기로 가득 차
노르웨이 국경 지역 여기저기에서   100
무법 악당 한 무리를 꿍꿍이 뱃속 있는
모종의 모험에 써먹어 보려고 상어처럼
깡그리 삼켰는데, 그것은 다름 아닌
우리 나라 사람들이 보기에 뻔히 드러나듯
완력과 강압적인 수단으로 앞서 말한   105
아버지가 잃은 땅을 되찾는 것이지.
그래서 내 생각엔 이것이 여러 가지 준비의
주요한 동기이고 우리가 이렇게
망을 보는 까닭이며 온 나라가 황급히

	야단법석 부리는 가장 큰 원인이야.	110
바나도	나 또한 그밖에 다른 건 없다고 생각해.	
	이 불길한 형체가 전쟁의 당사자인	
	선왕과 꼭 같은 무장으로 우리의 경계를	
	뚫고 나타나는 건 이 상황에 딱 어울려.	
호레이쇼	마음눈을 흐리는 티끌과 같은 거지.	115

야단법석 부리는 가장 큰 원인이야.   110

바나도　나 또한 그밖에 다른 건 없다고 생각해.
　　　이 불길한 형체가 전쟁의 당사자인
　　　선왕과 꼭 같은 무장으로 우리의 경계를
　　　뚫고 나타나는 건 이 상황에 딱 어울려.

호레이쇼　마음눈을 흐리는 티끌과 같은 거지.   115
　　　최고로 번성하던 나라인 로마에서
　　　막강한 시저가 쓰러지기 조금 전에
　　　묘지는 텅텅 비고 수의 감은 시체들이
　　　로마의 거리에서 끽끽대며 씨부렁거렸어,
　　　불꼬리 달린 별, 피 같은 이슬과   120
　　　태양 속의 홍조처럼. 그리고 넵튠의 왕국에
　　　감화력을 행사하는 물 머금은 별 또한
　　　종말이 온 것처럼 월식으로 병들었지.
　　　그런데 바로 그런 무서운 사건의 전조를
　　　언제나 운명에 앞서 오는 전령이며   125
　　　앞으로 다가올 재난의 서막으로
　　　하늘과 땅이 함께 이 나라 강토와
　　　그 백성들에게 확실하게 보여 줬어.

121행넵튠　바다와 대양의 신
122행물…별　달을 가리킨다. 그것의 창백한 빛 때문만 아니라 바다에서 습기를 끌어올린다는 믿음 때문에 물을 머금고 있다고 여겨진다. (아든)

유령 등장.

근데 쉿, 저것 봐, 그것이 다시 왔어.
급살을 맞더라도 맞서겠다.

(유령이 두 팔을 벌린다.)

멈춰라, 환영아.　　　130
네가 무슨 소리나 음성을 낼 수가 있다면
나에게 말하라.
너에겐 평안을 나에겐 영예를 가져오는
무언가 좋은 일을 할 것이 있다면
나에게 말하라.　　　135
네가 만약 이 나라의 운명과 내통하고
그걸 혹시 미리 알아 피할 수 있다면
오, 말하라.
혹은 네가 생전에 강탈한 보물을
자궁 같은 땅속에 감췄으면, 그 때문에　　　140
죽은 후에 영혼들이 자주 배회한다던데
그것을 말하라. 멈춰, 말해.　　(수탉이 운다.)

막아, 마셀러스.

마셀러스　이 도끼 창으로 후려칠까?

호레이쇼　안 서거든 그렇게 해.

바나도　여깄다.　　　145

호레이쇼　여깄다.　　　　　(유령 퇴장)

마셀러스　가 버렸어.

우리가 잘못이야, 대단한 위엄이 있는데
폭력을 쓰려고 했으니까. 공기처럼
아무런 상처도 입지 않는 그것에게   150
헛된 우리 타격은 해치려는 시늉일 뿐이야.

바나도   수탉이 울었을 때 말을 할 참이었어.

호레이쇼   그때 그게 두려운 소환장 받아든
죄지은 사람처럼 소스라쳐 놀라더군.
아침의 나팔수인 수탉은 드높고도   155
날카로운 목소리로 낮의 신을 깨우고
그 경고에 물이나 불, 땅이나 대기나
그 어느 곳이든 이탈하여 떠돌던 영혼은
서둘러 제자리로 돌아간단 얘기를
들은 바 있는데 그런 말이 사실임을   160
여기 있던 물체가 입증해 주었어.

마셀러스   수탉이 울자마자 그것이 자취를 감췄어.
구세주의 탄생을 축하하는 계절이
임박하면 언제나 새벽을 여는 새가
온밤을 운다고 말하지. 그러면 어떤 혼도   165
옴짝달싹 못하고 밤중에도 안전하며
행성은 액운을 못 내리고 요정은 못 호리며
마녀의 주문은 아무런 효력이 없을 만큼
그 시간은 성스럽고 거룩하다 말들 하지.

호레이쇼   나도 그리 들었고 일부는 믿고 있네.   170
근데 저 봐, 아침이 붉은 외투 걸치고

저 높은 동쪽 언덕 이슬 밟고 넘어와.

자 우리 경계를 풀고 나서 권하건대

지난밤에 본 것을 햄릿 왕자님께 전하세.

맹세코, 이 영혼이 우리에겐 벙어리나   175

그분에겐 입을 열 테니까. 알리는 게

우리들의 충성심에 요구되는 일이며

의무에도 맞는다고 자네들도 동의하지?

마셀러스 그렇게 하자고. 난 이 아침 어디에서

왕자님을 가장 쉽게 찾을지 알고 있어.   180

(모두 퇴장)

1막 2장

주악. 덴마크 왕 클라우디우스, 왕비 거트루드,

볼티맨드, 코넬리우스, 폴로니우스를 포함한 중신들,

폴로니우스의 아들 레어티스, 검은 상복의 햄릿,

그 밖의 사람들과 함께 등장.

왕 친애하는 짐의 형님 햄릿의 죽음이

아직도 기억에 새롭기에 가슴에 슬픔 안고

이 나라 전체가 비탄으로 하나 되어

모두들 찌푸리고 있음이 합당할 테지만

1막 2장 장소 엘시노어 왕성.

분별력이 우애심과 싸움을 벌인 결과   5
짐은 가장 현명한 슬픔으로 형님을 생각하며
그와 함께 우리들도 기억하게 되었노라.
그래서 짐의 전 형수요 짐의 현 왕비인
전운 덮인 이 나라의 왕권 공동 계승자를
이 짐은 이를테면 꺾어진 기쁨으로   10
한 눈은 행복에 또 한 눈은 수심에 차
장례에 축가를 혼례에 만가를 부르듯
환희와 비탄을 꼭 같은 무게로 달면서
아내로 삼았노라. 짐은 또한 이 일에서
경들의 뛰어난 지혜를 가로막지 않았고   15
혼사에 기꺼이 반영했소. 모든 것에 고맙소.
다음은 알다시피 포틴브래스 왕자가
짐의 값을 낮추어 보았거나 아니면
최근 짐의 친애하는 형님의 죽음으로
이 나라가 뒤틀려 혼란에 빠졌다 생각하고   20
자기가 유리하단 헛된 꿈과 결탁한 뒤
그 아비가 모든 법적 구속력에 따라서
짐의 용감무쌍한 형님에게 잃은 땅을
양도하란 내용의 전갈을 보내와
짐을 자꾸 괴롭혔소. 그 얘긴 이쯤 하고.   25
자 이제, 짐은 이번 모임에서 일처리를
이렇게 할 것이오. 포틴브래스 왕자의 삼촌인
노르웨이 왕에게—힘없이 드러누위

조카의 목적을 잘 모르는 그에게—
앞으로는 왕자의 행보를 멈추게 하라고   30
여기에 써 놓았소. 왜냐하면 모병과
군사 군대 모두가 자기의 백성들로
이뤄지기 때문이오. 그에 따라 짐은 이제
자네 코넬리우스, 또 자네 볼티맨드를
이 친서를 휴대시켜 노르웨이 노왕에게   35
지금 곧 급파하되, 이 세부 사항에서
허락된 범위를 넘어서는 일들은
왕과의 개인적인 협상권을 안 주노라.

                              (서류를 준다.)

잘들 가고 서둘러 임무를 완수하라.

코넬리우스·볼티맨드 이 일과 모든 것에 임무를 다하겠나이다.   40

왕 의심하지 않는다. 진심으로 잘 가라.

                    (코넬리우스와 볼티맨드 퇴장)

자 이제, 레어티스, 그래 무슨 일이냐?
짐에게 무슨 청을 했다지? 무어냐, 레어티스?
덴마크 왕에게 이치에 닿는 말을 했는데
허탕을 칠 순 없지. 네가 요구 않아도   45
내가 못 들어줄 소원이 무어냐, 레어티스?
너의 그 아버지와 덴마크의 옥좌로 말하면
심장과 머리의 유기적 연결에 못지않고
손과 입이 서로를 도와줌에 못지않아.
무엇을 원하느냐, 레어티스?

| 레어티스 | 지엄하신 전하, | 50 |

프랑스로 돌아가도 좋다는 허락이옵니다.

전하의 대관식에 제 의무를 다하려고

기꺼이 덴마크로 왔지만 고백건대

그 의무가 끝나니 제 생각과 소원은

또다시 프랑스로 기울어 관대한 전하의　　　55

허락과 승인을 고개 숙여 비옵니다.

왕　아버지의 허락은 받았느냐? 경의 뜻은?

폴로니우스　전하, 끈기 있게 졸라 대어 제 허락을

천천히 짜내었고 결국 그의 소망에

마지못해 동의를 표시해 줬나이다.　　　60

청컨대 가도록 허락해 주시기 바랍니다.

왕　좋은 때다, 네 시간을 즐겨라, 레어티스.

네 최고 자질을 마음대로 발휘해라.

그런데 내 조카이자 내 아들인 햄릿은—

햄릿　촌수는 좀 줄었지만 차이는 안 줄었죠.　　　65

왕　어째서 아직도 구름에 덮였는가?

47~48행 너의…못지않고　사람의 몸과 국가 조직 사이에 보이는 상응 관계는 당시 영국 사회에서 전통적인 개념으로 받아들여졌다. 여기에서 머리는 왕, 심장은 폴로니우스에 해당된다. 다음 행의 손은 백성들을 보살피는 왕을 상징한다. (아든)

65행촌수는…줄었죠　햄릿의 첫 대사. 조카인데 억지로 아들로 만들어 촌수는 약간 줄여 놓았지만 둘 사이의 본질적인 차이는 줄어들지 않았다는 말. 몇 가지 말장난을 의역한 것이다. 지문은 없지만 보통 방백으로 처리된다.

햄릿	아뇨 전하, 과분한 성은에 덮인걸요.
왕비	착한 햄릿, 밤과 같은 그 색깔을 내던지고
	친구의 눈으로 덴마크 왕을 보려무나.
	눈꺼풀을 내리깔고 흙 속에서 끊임없이
	고귀한 네 아버질 찾으려 하지 마라.
	넌 모든 생명은 죽으며 삶을 지나
	영원으로 흘러감이 흔한 줄 알고 있다.
햄릿	예 마마, 그건 흔한 일이지요.
왕비	그럼 왜
	너에겐 그것이 그리도 유별나 보이느냐?
햄릿	보이다뇨, 마마? 아뇨, 제겐 유별납니다,
	전 '보이는' 건 모릅니다. 어머니, 진정으로
	저를 나타낼 수 있는 건 제 검은 외투나
	관습적인 엄숙한 상복이나 힘줘 뱉는
	헛바람 한숨만도 아니고, 강물 같은 눈물이나
	낙담한 얼굴 표정, 거기에다 비애의 격식과
	상태와 모습을 모조리 합친 것도 아닙니다.
	그런 건 정말로 보인다고 할 수 있죠,
	누구나 연기할 수 있는 행동이니까요.
	근데 제겐 겉모습 이상의 무엇이 있답니다,
	이런 건 비통의 겉치레와 의복일 뿐이고요.
왕	햄릿, 네 본성이 자상하고 훌륭하여
	네 아버지에게 애도를 표시하고 있구나.
	하지만 알아 둬야 할 일은 네 아버지도

70

75

80

85

아버지를 잃었고 그 아버지도 아버지를   90
잃었다는 사실이야—그리고 유족들은
한동안 자식 된 도리로 상례에 어울리는
슬픔을 보이게 되어 있지. 하지만 끈질기게
집요한 비탄은 죄받을 옹고집의 길이고
사나이답지 못한 비애야. 그건 크게   95
하늘을 거스르는 태도로 나약한 심장이나
급한 마음, 단순하고 무식한 이해력을
보여 주는 셈이지. 피할 수 없음을 아는 데다
가장 흔한 것만큼 흔해 빠진 이 일을
왜 우리가 멍청하게 반발하며 가슴에   100
새겨 둬야만 하지? 허 그건 하늘을 거역하고
망자를 거역하고 자연을 거역하는 일이며
이성과 몹시 어긋나는데, 이성으로 흔히들
조상의 죽음을 맞이하고 최초의 시체에서
오늘 죽은 사람까지 이성으로 언제나   105
'이건 할 수 없다.'라고들 외치지 않느냐.
원컨대 무익한 그 비통을 땅에 던져 버리고
짐을 네 아버지로 생각해라. 왜냐하면
세상에 알리노니, 너는 짐의 왕위 계승자이며

104행 최초의 시체 창세기에 나오는 아벨의 시체를 가리킨다.
109행 왕위 계승자 덴마크의 왕위는 세습제가 아니라 선출제였으며, 선출단에서 가장 중요한 사람인 클라우디우스가 여기에서 자신이 지지하는 계승자가 햄릿임을 공포하고 있다. (뉴케임브리지)

최고로 다정한 아버지가 아들에게 보이는　　　　110
고귀한 사랑에 못지않은 사랑을
내가 네게 베풀기 때문이다. 비텐베르크의
학교로 다시 돌아가려는 네 의도는
짐이 바라는 바에 매우 크게 역행하니
네 뜻을 굽히고 짐의 눈이 베푸는 격려와　　　　115
위안을 받으면서 짐의 최고 궁정인,
조카이며 아들로 이곳에 머물기 바란다.

왕비 어미의 기도가 헛되지 않게 해라, 햄릿.
함께 있자, 비텐베르크로 가지 말고.

햄릿 최선을 다하여 마마 뜻을 따르겠나이다.　　　120

왕 이거 참 애정 깊고 아름다운 답이로다.
덴마크에서 짐처럼 지내라. 갑시다, 왕비.
햄릿이 이리도 부드럽게 순순히 응하여
내 마음이 흡족하니 그에 대한 기념으로
덴마크 국왕이 오늘 드는 모든 잔은　　　　　125
큰 대포로 구름에게 알리고 하늘은
땅 위의 천둥을 재생하며 국왕의 건배를
큰 소리로 다시 외칠 것이오. 갑시다.

(주악. 햄릿만 남고 모두 퇴장)

112행 비텐베르크 마르틴 루터의 종교 개혁과 파우스트 박사로 잘 알려진 독
일의 도시. 이곳의 대학교는 당시 해외 유학을 떠나는 덴마크 사람들이 선
호하던 학교였다고 한다. (아든, 뉴케임브리지)

햄릿	오, 너무나 더럽고 더러운 이 육신이
	허물어져 녹아내려 이슬로 변하거나	130
	영원하신 주님께서 자살 금지 법칙을
	굳혀 놓지 않았으면. 오, 하느님! 하느님!
	이 세상만사가 내게는 얼마나 지겹고
	맥 빠지고 단조롭고 쓸데없어 보이는가!
	역겹다, 아 역겨워. 세상은 잡초 엉켜	135
	퇴락하는 정원인데 본성이 조잡한 것들로
	꽉 차 있구나. 이 지경에 이르다니!
	가신 지 겨우 두 달─아니 아냐, 두 달도
	안 되지.─
	참 뛰어난 왕이셨어, 이자에 비하면
	짐승에게 태양신 같으셨지. 어머니를	140
	너무도 사랑하여 바람이 그 얼굴을 드세게
	스치지도 못하게 하셨어. 천지신명이시여,
	꼭 기억해야만 합니까? 아니, 그녀는
	먹으면 먹을수록 식욕이 늘어난 것처럼
	아버지에게 매달렸었는데 한 달도 못 되어─	145
	생각 말자.─약한 자여, 네 이름은 여자니라─

129~159행 오…못하니까 햄릿의 이 대사를 독백이라 부른다. 독백은 문자 그대로 한 인물이 무대 위에서 홀로 하는 대사로서 관객들에게 자기 내면의 갈등을 솔직하게 보여 주거나, 관객들이 꼭 알아야 할 다른 인물에 관한 정보를 전달하는 극적 장치이다.

불과 한 달, 가엾은 아버지의 시신을
니오베처럼 울며불며 따라갈 때 신었던
그 신발이 닳기도 전에—아니 바로 그녀가—
오 하느님, 이성 없는 짐승이라 할지라도   150
더 오래 슬퍼했으련만—삼촌과 결혼했어.
내가 헤라클레스와 다르듯이 아버지완
생판 다른 아버지의 동생과. 한 달도 못 되어,
쓰라려 불그레한 그녀의 눈에서
순 거짓 눈물의 소금기가 가시기도 전에   155
결혼했어.—오, 최악의 속도로다! 그처럼
민첩하게 근친상간 침실로 내닫다니!
좋지 않은 일이고 좋게 될 수도 없다.
하지만 가슴아 터져라, 입은 열지 못하니까.

호레이쇼, 마셀러스, 바나도 등장.

호레이쇼   왕자님께 문안이오.

148행 니오베 슬퍼하는 여성의 전형. 그리스 신화에서 그녀는 아폴로와 디아나에 의해 살해당한 자식들의 죽음으로 끝없이 울다가 돌로 변신했으나 눈물은 그치지 않고 떨어졌다고 한다. (아든)
152행 헤라클레스 전설적인 힘을 소유한 그리스 신화의 영웅. 열두 가지의 위업을 완수한 장사.
157행 근친상간 형수와의 결혼은 당시 교회가 명시적으로 금지한 근친상간이었다. (뉴케임브리지)

햄릿	무사하니 기쁘군.	160

호레이쇼? 아니면 내 정신이 나갔나.

호레이쇼	맞습니다, 왕자님. 언제나 미천한 종입니다.

햄릿	여보게, 친구라네. 내가 종이 되겠네.

호레이쇼, 웬일로 비텐베르크를 떠났지?—

마셀러스.	165

마셀러스	왕자님.

햄릿	만나서 대단히 반갑네.—

(바나도에게) 자네도 별고 없지.—

근데 대체 무슨 일로 비텐베르크를 떠났나?

호레이쇼	천성이 게으른 탓이지요, 왕자님.

햄릿	자네 적이 그 말 하면 듣고 있지 않을 테야,	170

자네 또한 자신을 난폭하게 비난하여

내가 그걸 믿게끔 만들진 않을 테고.

자네가 게으르지 않은 줄 알고 있어.

하지만 엘시노어에서 볼일이 무언가?

	출발 전에 크게 한 번 취하게 해 주겠네.	175

호레이쇼	왕자님, 부왕의 장례식을 보려고요.

176행 왕자님…보려고요 어떻게 좁은 궁정 세계 안에서 햄릿과 호레이쇼가 그동안 만나지 않을 수 있었겠는가? 호레이쇼의 역할에는 여러 가지 불일치하는 점들이 있다. 그의 역할은 상황에 따라 바뀐다. 예를 들면, 그동안 비텐베르크에 머무느라고 엘시노어에는 없었음에도 불구하고 덴마크에 무슨 일이 벌어지고 있는지 마셀러스와 바나도에게 상세히 알려 줄 수 있었다.(1.1.83 이하) 그런가 하면 나중에는(5.1.239) 햄릿이 그에게 레어티스가 누구인지를 알려 줄 정도로 엘시노어 사정에 어두운 인물로 나타난다. (뉴케임브리지)

햄릿	제발 날 놀리지 말게나, 학우여.
	어머니의 결혼식을 보려고 온 거잖아.
호레이쇼	정말이지 왕자님, 연달아 있었지요.
햄릿	절약이지, 절약이야, 호레이쇼. 혼례상에 180
	장례식 때 구운 고기 차갑게 내놓았지.
	호레이쇼, 그런 날을 보느니 차라리
	내 철천지원수를 천국에서 마주쳤더라면.
	아버지―아버지가 보이는 것 같아―
호레이쇼	어디서요, 왕자님?
햄릿	내 마음의 눈에서. 185
호레이쇼	저도 뵌 적 있습니다. 훌륭한 왕이셨죠.
햄릿	참사람이셨지, 만사가 완벽하단 뜻으로.
	그와 같은 사람을 다시 보진 못할 거야.
호레이쇼	왕자님, 지난밤에 그분을 뵌 것 같습니다.
햄릿	보다니? 누구를?
호레이쇼	왕자님, 왕자님의 부왕을요. 190
햄릿	부왕을?
호레이쇼	잠시만 놀라움을 진정시키시고
	제가 이 사람들의 증언을 토대로
	기이한 이 사건을 전해 드릴 때까지
	귀 기울여 주십시오.

182~183행 그런…마주쳤더라면 어머니가 삼촌과 결혼하는 날을 맞이하느니 원수를 갚을 수 없는 천국에서 불구대천의 원수를 만나는 편이 더 낫겠다는 뜻.

| 햄릿 | 제발 좀 들려주게! | 195 |

호레이쇼 마셀러스와 바나도, 여기 이 두 신사가
죽은 듯이 황량한 한밤중에 경계를 서던 중
이틀 밤을 연달아 다음과 같은 일을
겪었다 합니다. 왕자님의 부친 같은 형체가
머리끝에서 발끝까지 완벽하게 무장하고   200
그들 앞에 나타나 엄숙하게 행진하며
천천히 위엄 있게 지나갔고 세 번이나
그들의 압도되고 겁에 질린 눈앞을
지휘봉 간격으로 그가 걷는 동안에
그들은 공포의 작용으로 촛농처럼 녹은 뒤   205
가만히 선 채로 말도 걸지 못했지요.
그들은 이를 제게 극비리에 알렸고
전 셋째 날 그들과 경계를 섰는데
그때, 시간이나 형체나 그들이 전한 바와
한마디도 어김없이 그 귀신이 왔습니다.   210
제가 알던 왕자님의 부친과 이 두 손보다
더 닮았습니다.

햄릿   근데 그게 어디였지?

마셀러스 왕자님, 경계 서는 망대 위였습니다.

햄릿 자네가 말을 걸지 않았던가?

호레이쇼   왕자님,
걸었지만 그것이 대답을 하지 않았습니다.   215
그러나 제 생각에 한 번은 고갤 들고

말하고 싶은 듯한 동작을 취하긴 했습니다.
그런데 바로 그때 아침 닭이 크게 울고
그것이 그 소리를 듣고는 황급히 움츠린 뒤
시야에서 사라졌습니다.

햄릿   이거 아주 이상해.   220

호레이쇼   왕자님, 제가 살아 있듯이 사실이며
이걸 알려 드리는 게 저희에게 부과된
의무라고 생각했습니다.

햄릿   그렇지, 그렇지. 근데 이건 고민인데.
오늘 밤도 경계를 서는가?

모두   섭니다, 왕자님.   225

햄릿   무장을 했더란 말이지?

모두   예, 무장했습니다.

햄릿   위에서 아래까지?

모두   머리끝에서 발끝까지요.

햄릿   그렇다면 얼굴을 보지는 못했는가?

호레이쇼   봤습니다, 왕자님. 가리개가 열렸었죠.

햄릿   찌푸리며 보던가?   230

호레이쇼   분노하기보다는 슬픈 안색이었지요.

햄릿   희던가, 붉던가?

호레이쇼   매우 창백했습니다.

햄릿   자네를 응시했어?

호레이쇼   뚫어지게요.

햄릿   거기에 내가 있었더라면.

호레이쇼	아주 크게 놀라셨을 것입니다.
햄릿	그랬겠지. 235
	그게 오래 머물렀나?
호레이쇼	적당히 빠르게 백을 셀 동안이요.
마셀러스·바나도	더 길었어, 더 길었어.
호레이쇼	내가 그걸 봤을 땐 아니었어.
햄릿	수염은 반백이, 아니던가? 240
호레이쇼	생전에 제가 뵀을 때처럼 담비 색
	은빛이었습니다.
햄릿	오늘 밤 경계를 서겠다.
	아마 다시 나오겠지.
호레이쇼	제가 장담합니다.
햄릿	그게 만약 고귀한 부친 몸을 취한다면
	지옥 그 자체가 입 벌리며 나에게 245
	조용하라 명령해도 난 말을 걸 테다.
	바라건대 이번에 본 것을 지금까지 감췄으면
	그 사실을 언제나 침묵 속에 가둬 두게.
	그리고 오늘 밤 무슨 일이 일어나든
	이해는 하더라도 발설하진 말아 주게. 250
	자네들의 우정은 보답하지. 잘 가게.
	망대 위로 11시와 12시 사이에
	찾아가지.
모두	왕자님께 저희들의 경의를.
햄릿	우정을 표하게나, 나처럼. 잘 가게.

(호레이쇼, 마셀러스, 바나도 함께 퇴장)

아버지의 혼령이—무장하고! 무언가 안 좋아.   255

추한 짓이 의심된다. 어서 밤이 왔으면.

그때까진 조용해라 내 영혼아. 악행은

천길만길 파묻어도 사람 눈에 발각되리.

(퇴장)

1막 3장

레어티스와 그의 누이동생 오필리어 등장.

레어티스   필요한 물품들은 다 실었다. 잘 있어라.

그리고 누이야, 바람이 도와주고

배편을 얻거들랑 잠 온다고 자지 말고

소식을 들려 다오.

오필리어   그걸 의심하셔요?

레어티스   햄릿 왕자 말인데, 그가 보인 하찮은 호의는   5

유행이며 객기 어린 장난이라 생각해라.

봄철에 한창인 제비꽃 같아서 일찍 피나

영원하지 못하고 고우나 오래가진 못하니

256행추한짓 당시 사람들은 유령이 나타나는 흔한 이유 중의 하나가 감춰
진 범죄를 폭로하는 것이라고 믿었다. (아든)
1막 3장장소 성안의 폴로니우스의 처소.

한순간의 향기이고 만족일 뿐 그 이상은
아니란다.

오필리어   그뿐이요?

레어티스   그뿐이다 생각해라.   10
인간이 자라면서 근육과 몸집만
커지는 게 아니라 이 신전이 넓어지면
마음과 영혼의 책무도 함께 자라난단다.
지금은 그가 널 사랑할지 모르지.
또 지금은 순결한 그의 뜻이 오점이나   15
계략으로 물들진 않았어. 그러나 신분상
그는 자기 뜻대로 못 함을 겁내야 해,
그 자신이 출생에 매여 있기 때문이야.
가치 없는 자들처럼 그는 자기 멋대로
행동하지 못한단다, 이 나라 전체의   20
안녕과 번영이 본인의 선택에 달렸기에.
그러므로 그 선택은 자기가 머리인
몸체의 찬성과 동의에 묶일 수밖에 없지.
그래서 그가 널 사랑한다 말하면
넌 그걸 그가 자기 자신의 특별한 위치에서   25
행동으로 일치시킨 만큼만 믿는 것이

12행신전 사람의 몸을 정신의 집에 비유하는 말. 성경에서 흔히 볼 수 있다.
(아든)
23행몸체 27행에서 말하는 덴마크 사람들.

분별력에 맞는데, 그건 바로 덴마크 사람들
대부분이 찬성을 표시하는 만큼이지.
그렇다면 그의 노랠 너무 믿고 듣거나
마음을 뺏기거나 무철제한 간청에   30
순결한 네 보물을 열어 보여 준다면
네 정조가 무슨 해를 입을지 숙고해 봐.
조심해라 오필리어, 조심해라 누이야.
그리고 너를 네 애정의 후방에 두어라,
욕망의 포격과 위험에서 벗어나 있도록.   35
최고로 얌전한 처녀는 자기 아름다움을
달에게만 드러내도 아주 방탕하단다.
악담의 타격은 미덕의 화신도 못 피해.
봄의 어린 새싹들이 봉오리도 열기 전에
자벌레가 너무 자주 그것들을 갉아 먹고   40
청춘의 아침과 그 이슬 속에는
전염성 마름병이 가장 빨리 생긴단다.
그러니 주의해. 최상의 안전은 조심이야.
청춘은 곁에 뉘 없어도 자신에게 반항해.

오필리어 이 훌륭한 교훈의 골자를 제 마음의   45
파수꾼 삼을게요. 그러나 오라버니,
은총 잃은 어떤 목사들처럼 나에게는
천국 가는 가파른 가시밭길 보여 주고
자기는 허풍선이 무모한 탕아처럼
환락의 꽃길을 밟으며 자신의 설교를   50

저버리진 마셔요.

레어티스   오, 내 걱정은 하지 마라.

너무 오래 머물렀다.

폴로니우스 등장.

하지만 아버지가 오셨어.

축복이 두 배이면 은총도 두 배이지.

운이 좋아 두 번이나 작별하게 되었구나.

폴로니우스   레어티스, 여태 여기? 창피하다, 어서 타라.   55

바람은 너의 배 돛 어깨에 앉았고

사람들이 기다린다. 자, 너를 축복해 주마.

그리고 요 몇 가지 교훈을 네 기억에

각인시켜 두어라. 네 생각을 발설 마라.

절도 없는 생각을 행동에 옮기지도 말고.   60

친절하되 절대로 천박하면 안 된다.

친구들은 겪어 보고 받아들였으면

그들을 네 영혼에 쇠고리로 잡아매라.

하지만 신출내기 철없는 허세꾼들 모두를

58행몇…교훈 앞 장과 이 장과 다음 장에서 부모들은 자식들의 삶을 규제하기 위하여 충고와 조언을 아끼지 않는다. 극의 후반부로 가면 상황이 뒤바뀌어 햄릿이 어머니를 훈계하고 고분고분하던 레어티스가 왕에게 반기를 든다. (뉴케임브리지)

환대하느라고 손바닥이 무뎌지면 안 된다.　65
싸움에 끼는 건 조심해라. 근데 끼면
상대방이 널 알아 모시도록 행동해라.
네 귀는 모두에게, 네 입은 소수에게만 열고
의견을 다 수용하되 판단은 보류해라.
지갑의 두께만큼 비싼 옷을 사 입되　70
요란하지 않게끔, 고급인데 야하진 않게끔 해,
복장으로 사람을 아는 수가 많으니까.
이 점에선 최고위급 프랑스 사람들이
단연코 으뜸이고 최고로 귀티 나지.
돈일랑은 빌리지도 꿔 주지도 말거라.　75
왜냐하면 흔히들 빚과 함께 친구 잃고
또한 돈을 빌리면 절약심이 무디어지니까.
다른 무엇보다도 자신에게 정직해라,
그러면 낮에 이어 밤이 따라오듯이
남에게 거짓될 수 없는 법. 잘 가거라.　80
축복으로 끝낸 말이 네 안에서 여물기를.

레어티스　소자 이만 물러갈까 합니다, 아버지.

폴로니우스　시간이 널 재촉한다. 가, 하인들이 대기해.

레어티스　잘 있어라, 오필리어. 그리고 너에게
내가 한 말 명심해라.

오필리어　　　　　　　　기억 속에 가뒀으니　85
오빠가 열쇠를 간직하고 계셔요.

레어티스　잘 있어라.　　　　　　　　　(퇴장)

폴로니우스	오필리어, 오라비가 말한 게 무엇이냐?
오필리어	죄송하나 햄릿 왕자님에 관한 것이어요.
폴로니우스	마침 잘 생각났다.

듣자하니 그가 최근 사적으로 너무 자주
널 만나고, 너 자신도 그의 말을 대단히
너그럽고 후하게 들어 준다던데.
그렇다면—그렇다고 귀띔을 받았지,
그것도 주의하란 식으로—이 말을 해야겠다.
너는 내 딸로서 또한 네 순결에 맞게끔
너 자신을 분명히 이해하지 못했어.
둘 사이가 어떠냐? 사실대로 말해라.

오필리어	아버지, 그분이 최근에 저에게 애정을
	여러 번 표시하셨습니다.

폴로니우스	애정? 흥, 철없는 계집처럼 말하는군,

위태로운 상황을 겪어 보지도 않고서.
네 말대로 그의 애정 표시를 믿느냐?

오필리어	어찌 생각해야 할지 모릅니다, 아버지.

폴로니우스	그래, 내가 가르쳐 주지. 그의 애정 표시를

순정이 아닌데 진정으로 받아들였으니까
널 아기로 생각해라. 널 좀 더 비싸게 모셔라.
안 그러면—말을 돌려 이상한 어법으로—
넌 내게 바보로 모심을 당할 거야.

오필리어	아버지, 그분은 사랑을 애걸하셨어요,

명예로운 방법으로.

90

95

100

105

110

폴로니우스 그래 아예 병법이라 부르시지. 쯧쯧.

오필리어 그리고 하늘의 거의 모든 신성한 맹세로

자기 말을 확인까지 하셨어요, 아버지.

폴로니우스 암, 멧도요 사로잡는 덫이지. 난 알아,   115

혈기가 끓을 때면 영혼이 혀에게

얼마나 아낌없이 맹세를 빌려 주는지를.

애야, 열보다 빛을 더 발하는, 그 둘을

약속하며 동시에 꺼지는 이 섬광을

불꽃으로 여기면 안 된다. 지금부터   120

네 처녀 모습을 좀 더 뜸하게 드러내고

화평 교섭 요구에 곧바로 협상에

들어가지는 마라. 햄릿 왕자로 말하자면

그는 젊고 네 행동반경보다 더 넓게

움직일 수 있다고만 믿어라. 오필리어,   125

한마디로 그가 하는 맹세들을 믿지 마라.

그것들은 겉옷의 색깔과는 속이 다른

중매쟁이들일 뿐만 아니라 불결한 청탁을

애원하는 자들이며, 더 잘 속이려고

성스럽고 경건하게 말하는 닳고 닳은   130

뚜쟁이들이니까. 결론을 내리겠다.

115행 멧도요 도요 과의 수렵조로 멍청함의 상징.

122~123행 화평 교섭…마라 성을 포위 공격하는 쪽이 성을 내놓으라는 명령
을 한다고 해서 그에 응하여 곧장 담판에 들어가서는 안 된다.

분명히 말하는데 지금부터 한순간의

여유라도 악용하여 햄릿 왕자에게

글을 써 준다거나 말을 하면 안 된다.

이것을 명심해라, 명령이다. 자, 가자.   135

오필리어　복종하겠습니다, 아버지.　　　　　(함께 퇴장)

1막 4장

햄릿, 호레이쇼, 마셀러스 등장.

햄릿　살을 에는 바람이군. 이거 아주 추운데.

호레이쇼　뼈저리게 매서운 찬바람입니다.

햄릿　지금이 몇 시지?

호레이쇼　　　　　　12시 전인 것 같습니다.

마셀러스　아냐, 이미 쳤어.

호레이쇼　　　　　　정말? 난 듣지 못했어.

그렇다면 그 혼령이 자신의 습관대로   5

나다니곤 하던 때가 다가왔습니다.

　　　(요란한 나팔 소리. 대포 두 발이 발사된다.)

이게 무슨 뜻입니까, 왕자님?

햄릿　왕이 오늘 밤늦도록 주연을 베풀면서

질탕하게 마시고 요란한 벌떡 춤을 춘다네.

1막4장장소　성 위의 망대.

또 그가 라인산 포도주를 비울 때면   10
북소리와 나팔로 자신의 축배를 저렇게
시끄럽게 알린다네.

호레이쇼   그게 관행입니까?

햄릿   아 그야 그렇지.
하지만 내 생각에 내가 이곳 태생이고
그 풍습에 젖었지만 이 관행은 지키기보다는   15
깨는 편이 그걸 더 존중하는 셈이야.
이렇게 멍청하게 마셔 대니 사방에서
우리를 비방하고 딴 나라의 욕을 먹지.
우리를 술고래라 부르며 야비한 문구로
우리의 명망에 흙칠을 한다네.   20
우리가 정말로 업적을 최고로 쌓는대도
이 때문에 명성의 진수를 빼앗긴단 말일세.
이와 마찬가지로 개개인에 있어서도
예컨대 본인의 죄가 아닌 출생 때 있었던
(본성을 선택하여 타고날 순 없으니까)   25
본성의 조그마한 오점으로 인하여,
이성의 장벽을 자주 깨는 과다한 기질이나
보기 좋은 예법을 심하게 망쳐 놓는
악습으로 말미암아―이들은 보게나,
조물주가 부여했든 액운으로 갖게 됐든   30
단 한 가지 결함의 딱지를 지님으로
그 밖의 미덕이 은총처럼 순수하고

인간이 감당할 수 없을 만큼 많더라도
바로 그 한 가지 결점으로 말미암아
일반인은 그들이 썩었다고 평가할 것이야.   35
한 방울의 악성분이 종종 고귀한 본질을
모두 말살시키고 치욕을 불러온다,
그 말이야.

유령 등장.

호레이쇼   보십시오, 왕자님, 왔습니다.
햄릿   구원의 천사들은 저희를 지키소서!
네가 좋은 귀신이든 저주받은 악귀든   40
하늘 바람 타고 왔든 지옥 독풍 몰아왔든
네 의도가 사악하든 자비롭든지 간에
질문하기 알맞은 모습으로 왔으니까
난 말을 걸겠다. 난 너를 햄릿, 대왕, 아버지,
덴마크 왕이라 부르겠다. 오, 대답하라.   45
내가 몰라 터질 것만 같으니 말을 해라,
죽었을 때 예를 갖춰 입관한 시신이 왜

40행네가 이 시점에서 역자가 햄릿이 유령을 부르는 호칭으로 '너'라는 하
대를 사용한 이유는 첫째, 햄릿은 유령을 아버지의 혼령이 아니라 아버지의
모습을 한 귀신으로 대하고 있으며 둘째, 유령이 출현한 이유가 도덕적으로
뚜렷하지 않고 셋째, 실체가 불확실한 환영의 일종이기 때문이다. 그러나 3막
4장에서 유령을 다시 만날 때 햄릿의 태도와 말투는 존대로 바뀐다.

수의를 찢었으며 묘지는 왜 너를
우리가 봤을 땐 조용히 누워 있었는데도
육중한 대리석 턱을 열고 입 밖으로   50
다시 토해 내었는지. 이게 무슨 뜻이기에
너, 죽었던 시신이 완전 무장 다시 하고
이렇게 명멸하는 달빛 속에 되돌아와
이 밤을 무섭게 만들면서 자연의 노리개인
우리의 마음을 영혼이 못 미칠 생각들로   55
이토록 끔찍하게 흔드느냐? 웬일이냐?
뭣 때문에? 우리더러 어떡하란 말이냐?

                              (유령이 손짓한다.)

호레이쇼   저게 함께 가자고 손짓하고 있습니다.
            왕자님에게만 무슨 말을 해 주고
            싶단 듯이.

마셀러스   좀 더 외딴 곳으로 가자고   60
            얼마나 정중하게 손짓하나 보십시오.
            그러나 함께 가진 마십시오.

호레이쇼   절대로 안 됩니다.

햄릿   말하지 않을 거야. 그러니 따르겠다.

호레이쇼   마십시오, 왕자님.

햄릿   왜, 두려울 게 무언가?
         내 목숨은 반 푼 값어치도 없는 데다   65
         영혼으로 말하자면 꼭 같이 불멸인데
         그것이 무슨 짓을 할 수가 있겠어?

	다시 손짓하는구나. 난 따라가겠다.	
호레이쇼	그것이 왕자님을 바닷물 쪽으로	
	아니면 눈썹처럼 바다 위로 튀어나온	70
	무서운 벼랑의 끝으로 유인한 뒤	
	거기에서 끔찍하게 다른 형태 취하면서	
	이성의 통제력을 빼앗고 광기로 몰아가면	
	어찌하시렵니까? 생각해 보십시오.	
	바로 그 자리에서 수십 길 아래로	75
	바다를 쳐다보고 파도의 굉음을 들으면	
	다른 동기 없이도 절망적인 충동이	
	누구에게나 생깁니다.	
햄릿	여전히 손짓한다.	
	앞서라, 따르겠다.	
마셀러스	가시면 안 됩니다, 왕자님.	
햄릿	손을 떼라.	80
호레이쇼	제 말 들으십시오.	
햄릿	내 운명이 울부짖어	
	이 몸의 시시한 근육들이 모조리	
	네메아 사자의 힘줄처럼 억세졌다.	
	아직도 날 부른다. 이보게들, 손을 놔.	
	맹세코 날 막는 사람은 유령을 만들겠다.	85

83행 네메아 고대 그리스의 지명. 헤라클레스의 최초 위업이 바로 무적의 네메아 사자를 목 졸라 죽이는 일이었다.

비키란 말이야.—앞서라, 따르겠다.

(유령과 햄릿 퇴장)

호레이쇼   왕자님이 망상으로 정신을 잃으셨어.

마셀러스   따라가. 이렇게 복종하면 맞지 않아.

호레이쇼   뒤따르지. 이게 어떤 결과를 낳을까?

마셀러스   이 나라 덴마크엔 무언가가 썩었어.   90

호레이쇼   그것은 하늘에 달렸어.

마셀러스   아니야, 따라가.

(함께 퇴장)

1막 5장
유령과 햄릿 등장.

햄릿   어딜 데려가느냐? 말하라, 더는 가지 않겠다.

유령   잘 들어라.

햄릿   그러겠다.

유령   고통스러운 유황불에
나 자신을 스스로 맡겨야 할 시간이

91행그것은 89행에 언급된 결과를 가리킨다.
아니야 바로 앞에서 호레이쇼가 한 말에 대한 반대, 즉 하늘에만 맡기지는
말자는 뜻.
1막5장장소 성 위의 흉벽.

거의 다 되었다.

햄릿   안됐다, 불쌍한 유령아.

유령 동정은 하지 말고 내가 밝힐 사실을   5
심각하게 들어라.

햄릿   말하라. 난 듣게 돼 있다.

유령 듣고 나면 복수 또한 하게 될 것이다.

햄릿 뭐라고?

유령 나는 네 아비의 혼령으로
밤에는 일정 기간 나다니고 낮에는   10
불 속에서 금식하는 운명에 처해 있다,
생전에 저지른 더러운 죄 불로 씻어
없어질 때까지. 내 감옥의 비밀 누설
금지되지 않았다면 얘기 하나 꺼내어
가볍디가벼운 한마디로 네 영혼을   15
갈기갈기 찢어 놓고 젊은 피를 얼게 하며
네 눈을 궤도를 이탈한 별처럼 만들고
땋아서 묶어 놓은 머리채를 풀어 놓고
머리카락 한 올 한 올을 성난 고슴도치의
깃털처럼 세울 수 있으리라. 하지만   20
저승에 관한 일을 피와 살을 가진 귀에

11행불…운명 금식과 불에 의한 정죄는 이 유령에게 필요한 절차이다. 왜냐
하면 그는 77행에서 밝히듯이 고해 성사 없이 죽었기 때문이다. (뉴케임브
리지)

공개하면 안 되지. 들어 봐라, 오, 들어 봐!
소중한 네 아버질 사랑한 적 있다면—

햄릿 오, 하느님!

유령 이 흉악무도한 살인의 원수를 갚아 다오. 25

햄릿 살인!

유령 최고로 흉악한 살인이지, 최선의 경우라도,
한데 이건 최고로 흉악, 해괴, 무도하다.

햄릿 서둘러 알려 주면 명상처럼 아니면
사랑의 상념처럼 재빠른 날개로 30
복수에 돌입할 것이다.

유령 　　　　　　　　　　반응이 빠르구나.
네가 만약 이번 일에 움직이지 않는다면
넌 망각의 강변에 편안히 뿌리 내린
무성한 잡초보다 더 둔할 것이니라.
자 햄릿, 들어 봐라. 정원에서 자는데 35
독사가 날 물었다고 발표됐다.—그래서
덴마크 전체가 조작된 내 사망 경위로
새까맣게 속고 있다.—하지만 귀한 애야,
네 아버지 목숨 앗은 그 독사가 지금은
왕관을 쓰고 있다. 40

햄릿 오, 내 영혼이 예측했어! 삼촌이다!

33행 망각의 강변 저승을 흐르는 레테의 강가. 이 강물을 마시면 과거를 잊어
버린다고 한다.

유령 그래 그 상피 붙고 간통한 짐승 놈이

마력적인 기지로, 반역하는 재주로—

오, 사악한 기지와 재주로다, 그렇게

유혹할 힘 있다니!—제 놈의 창피한 욕정 위해　　45

겉만 최고 정숙한 왕비 맘을 얻어 냈다.

오 햄릿, 이 얼마나 형편없는 타락이냐!

결혼할 때 그녀에게 맹세했던 사랑을

그 값어치 그대로 조금도 변함없이

해 주었던 내게서, 나와 비교했을 때　　50

타고난 재주가 부족한 비열한 놈에게로

곤두박질치다니!

하지만 순결은 색욕이 천국의 모습으로

구애한다 할지라도 결코 동요 않듯이

욕정은 빛나는 천사와 결연을 맺었어도　　55

천상의 침대에서 물리도록 만족한 뒤

쓰레기를 포식할 것이다.

근데 잠깐, 아침 공기 냄새를 맡은 듯하구나.

간단하게 말하마. 정원에서 잠자는데

오후에는 그게 항상 습관이었으니까,　　60

방심하고 있었던 그 시각에 네 삼촌이

저주받을 독즙 병을 몰래 갖고 들어와

41행 예측했어 삼촌의 살인이 아니라 그의 진정한 본성을 미루어 짐작했다는 말. (아든)

나병을 일으키는 증류액을 내 귀에
다 쏟아부었고, 그것은 사람 피와
상극되는 효능이 있기에 수은처럼 빠르게   65
우리 몸의 정상적인 통로와 샛길로
쭉 퍼져 나가면서 우유 속에 떨어진
식초 방울들처럼 갑자기 활기차게
건강하고 묽은 피를 뻑뻑하고 엉기게
만들어 놓는단다. 내 피도 그리됐고   70
문둥이와 꼭 같은 혈장이 더럽고 메스꺼운
딱지들과 더불어 매끈한 내 온몸에
삽시간에 돋아났다.
그래서 난 자다가 동생 손에 의하여
생명, 왕관, 왕비를 한꺼번에 빼앗겼고   75
죄업을 한창 쌓고 있을 때 잘렸으니
성체 없이, 준비 없이, 종유의 성사 없이
죄 청산도 못 하고 내 모든 결함을
머리에 인 채로 심판대로 보내졌다.
아, 무섭다! 아, 무섭다! 참으로 무섭다!   80
너에게 효성이 있다면 참지 마라.
덴마크 왕 침실이 음욕과 저주를 부르는
근친상간 잠자리가 되지 않게 하여라.

80행 아…무섭다 이번 아든 판은 받아들이지 않았지만 이 대사를 햄릿에게
맡기는 판본도 꽤 있다.

48

하지만 이번 일을 어떻게 추진하든

네 마음을 더럽힌다거나 네 어미에 대하여   85

계책을 꾸미지는 마라. 그녀는 하늘과

가슴속에 박혀서 그녀를 쑤시고 찌르는

가시에 맡겨 둬라. 곧바로 헤어지자.

반딧불이 새벽이 가까움을 알려 주고

효력 없는 그 불빛이 약해지기 시작했다.   90

잘 있어라, 잘 있어라. 날 잊지 마라.   (퇴장)

햄릿　오, 모든 천사들이여! 오, 땅이여! 또 뭐지?

지옥을 더할까? 아, 퉤! 심장아, 버티어라.

근육아, 순식간에 늙어 버리지 말고

꼿꼿하게 날 지탱해 다오. 잊지 마라?   95

그래, 불쌍한 유령아, 이 혼란한 머릿속에

기억력이 있는 한 그러겠다. 잊지 마라?

암, 그래야지. 내 기억의 수첩에서

젊은 시절 귀담아들은 다음 베껴 놓은

온갖 시시껄렁한 기록들, 온갖 책의 격언들   100

온갖 형체, 온갖 옛 인상을 다 지워 버리고

오로지 네 명령만 비천한 잡물들과

뒤섞이지 않은 채 내 두뇌의 책 속에

85행 네…더럽힌다거나 만약 이 부탁이 도덕적인 의미에서 악한 마음을 품거
나 그에 물들지 말라는 뜻이라면 그것은 햄릿이 복수를 실행하려 했을 때
대단히 지키기 어려운 주문이 아닐 수 없다. 어떻게 상대방을 미워하지 않
고 그를 죽이거나 해칠 수 있을 것인가? (뉴케임브리지)

서적 속에 남으리라. 맹세코 그럴 거다!

오, 최고로 악독한 여자여!   105

오, 악당, 악당, 웃음 짓는 괘씸한 악당 놈!

내 수첩. 이걸 적어 두는 게 좋겠다.

사람이 웃고 또 웃으면서 악당일 수 있음을—

적어도 덴마크에서는 그럴 거라 확신한다.

                                                    (쓴다.)

자 삼촌, 이것이 당신이오. 이제 내 좌우명,   110

그것은 '잘 있어라, 날 잊지 마라.'이다.

그러기로 맹세했다.

                    호레이쇼와 마셀러스 등장.

호레이쇼   왕자님, 왕자님.

마셀러스   햄릿 왕자님.

호레이쇼   하늘은 이분을 살피소서.   115

햄릿   (방백) 그리해 주소서.

마셀러스   야호, 호, 호, 왕자님.

햄릿   야호, 호, 호, 야. 와라, 매야, 이리 와.

마셀러스   괜찮으신지요, 왕자님?

호레이쇼   무슨 소식입니까, 왕자님?   120

햄릿   아, 놀라운 일이지!

110행이것 방금 그가 수첩에 적어 놓은 삼촌에 관한 앞 문장의 내용.

호레이쇼	왕자님, 말씀해 주십시오.	
햄릿	안 돼, 누설할 테니까.	
호레이쇼	아뇨, 왕자님, 하늘에 맹세코.	
마셀러스	저도요, 왕자님.	125
햄릿	그럼 이봐, 인간이 그런 걸 생각이나 했겠어?—	
	하지만 비밀을 지킬 테지?	
호레이쇼·마셀러스	예, 하늘에 맹세코.	
햄릿	덴마크 전역에 살고 있는 악당치고	
	무뢰한 아닌 놈은 한 놈도 없다네.	130
호레이쇼	그 말을 하려고 유령이 무덤에서 나올 리는	
	없습니다, 왕자님.	
햄릿	흠, 옳아, 자네가 옳다고.	
	그러니 더 이상 격식 차릴 것 없이	
	악수하고 헤어져야 맞는다고 생각해.	
	자네들은 자네들의 할 일과 소망을 따르고—	135
	누구나 할 일과 소망이 있으니까,	
	나름대로—그런데 불쌍한 나 자신은	
	기도하러 갈 테야.	
호레이쇼	이건 횡설수설일 뿐입니다, 왕자님.	
햄릿	내 말에 화났다면 미안하네, 진심으로—	140
	정말이야, 진심으로.	

129~130행 덴마크…없다네 햄릿은 유령에 관한 사실을 털어놓으려던 의도를
갑자기 농담으로 바꾸어 버린다. (아든)

호레이쇼   화난 건 없습니다, 왕자님.

햄릿   아냐, 성 패트릭에 맹세코 있다네, 호레이쇼,
       화난 게 많이 있어. 이 환영에 대해서는
       이 유령은 진짜야, 그것만은 말하지.
       우리 둘의 관계를 알고 싶은 욕망은   145
       자네들 능력껏 극복하게. 그리고 친구들,
       자네들이 친구, 학자, 군인이니 내 조그만
       청 하나만 들어주게.

호레이쇼   뭔데요, 왕자님? 그러지요.

햄릿   오늘 밤에 본 것을 절대 발설 않는다.

호레이쇼·마셀러스 왕자님, 저흰 않겠습니다.   150

햄릿   암, 하지만 맹세해.

호레이쇼 정말이지 왕자님, 전 않겠습니다.

마셀러스 저도 않겠습니다, 왕자님. 정말로.

햄릿   칼을 두고 맹세해.

마셀러스 저흰 이미 했습니다, 왕자님.   155

햄릿   진정으로, 칼을 두고, 진정으로.

유령   (무대 밑에서 외친다.) 맹세하라.

햄릿   아 하, 야, 그랬어? 진짜배기, 너 거깄어?

142행 성 패트릭 연옥을 지키는 성자. 아일랜드에 '성 패트릭의 연옥'이란 동
굴이 있었는데 그곳에서 하루를 보내는 사람은 모든 죄가 씻기고 저주
받은 자들과 축복받은 자들의 환영을 본다는 이야기가 있었다고 한다.
(아든)
154행 칼을…맹세해 칼자루의 형태가 십자가와 닮았기 때문에. (뉴케임브리지)

자네들 땅 밑의 이 녀석 말 들었지.

맹세에 동의해.

호레이쇼   왕자님, 서약을 말하시죠.   160

햄릿   자네들이 본 것을 절대로 말 않는다,

칼에 대고 맹세하라.

유령   맹세하라.   (그들이 맹세한다.)

햄릿   무소부재? 그렇다면 우리가 옮기겠다.

자네들 이리 오게.   165

그리고 손을 다시 내 칼에 얹은 다음

칼에 대고 맹세하라.

자네들이 들은 것을 절대로 말 않는다.

유령   칼에 대고 맹세하라.   (그들이 맹세한다.)

햄릿   잘했다, 이 늙은 두더지. 땅을 그리 빨리 파?   170

참 멋진 공병이네! 친구들, 또 한 번 옮겨 봐.

호레이쇼   원 세상에, 이거 참 놀랍도록 낯설군요.

햄릿   그러니 낯선 손님 맞듯이 이것을 환영하게.

인간의 철학으론 꿈도 꾸지 못할 일이

하늘과 땅 사이엔 많다네, 호레이쇼.   175

하지만 어디 보자,

164행 무소부재(無所不在) 있지 않은 곳이 없다, 즉 모든 곳에 있다는 뜻. 원문
은 영어가 아닌 라틴어로 쓰였다.
173행 낯선⋯환영하게 마태복음 15장 35절('내가 낯선 사람이었으나 그대들은
날 받아 주었다.') 및 성경 여러 곳의 설교에 나타나는 기독교 윤리. (아든)

여기서, 이전처럼, 절대로, 은총의 도움받아
내 행동이 아무리 이상야릇하더라도—
앞으로 내가 아마 괴상한 짓거리를
보이는 게 좋겠다고 생각할 때—   180
그럴 때 나를 보고 이렇게 팔짱 낀 채
아니면 머리를 흔들며 '그렇지, 우린 알지.'
'알려면 알 수 있지.', '우리가 입을 열면'
'말할 수만 있다면 사람 있지.' 따위의
의심스러운 문구를 내뱉는다거나   185
나에 대해 무언가 안다는 걸 보이려고
그 비슷한 암시를 주는 일은 절대로
해서는 안 된다.—이걸 진정 맹세하라,
꼭 필요할 때는 은총과 자비가 도울 테니.

유령 맹세하라.   (그들이 맹세한다.) 190

햄릿 쉬어라, 쉬어라, 불안한 혼령아. 여보게들,
내 모든 사랑으로 자네들에게 날 맡기네.
그리고 햄릿처럼 가난한 사람이
우정을 표할 길은 하느님이 원하시면
부족하진 않을 걸세. 우리 같이 들어가지.   195
또한 항상 손가락을 입술에, 부탁이네.
뒤틀린 세월이야.—아, 저주스러운 낭패로다,
그걸 바로잡으려고 내가 태어나다니.
아니, 자, 같이 가세.   (함께 퇴장)

2막 1장

폴로니우스 노인, 하인 레날도와 함께 등장.

폴로니우스	걔에게 이 돈과 편지를 건네줘라, 레날도.
레날도	그럽죠, 나리.
폴로니우스	레날도, 그 애를 찾기에 앞서서
	품행을 염탐해 본다면 기차게 현명한
	일이 될 터인데.
레날도	나리, 그러려고 했습죠. 5
폴로니우스	말 잘했다, 정말로 잘했어. 이보라고,
	우선 어떤 덴마크 사람들이 파리에 있는지
	또 어떻게 또 누가, 재력은, 숙소는
	친구는 누구이며 씀씀인 어떤지 알아봐.
	이렇게 질문을 빙빙 돌려 그들이 내 아들을 10
	정말로 안다는 걸 확인하게 되거든
	이것저것 물었을 때보다 더 가까이 가.
	걔를 좀 어렴풋이 아는 체해, 이를테면
	'제가 그 부친과 친구들, 또 본인도
	좀 알지요.'라고. 잘 듣고 있느냐, 레날도? 15
레날도	예 나리, 잘 듣고 있습죠

199행 아니…가세 호레이쇼와 마셀러스가 햄릿이 앞설 것을 기다리며 공손히 옆으로 비켜섰을 때 햄릿이 그들에게 하는 말.
2막 1장 장소 성안의 폴로니우스의 처소.

폴로니우스	'본인도 좀. 하지만, 잘 아는 건 아니죠.
	근데 그이 얘기라면 그는 아주 거칠고
	이런저런 데 빠졌죠.'라고 하고─이쯤에서
	아무거나 날조된 사실을 덮어씌워.─참, 20
	명예를 해치는 저질 말고─그 점을 주의해.─
	방탕한 젊은이가 벗 삼아 지내는
	유명하고 많이들 알려진, 짓궂고 거칠고
	흔한 실수 같은 거.
레날도	도박 같은 거겠죠, 나리.
폴로니우스	음. 혹은 음주, 칼질과 욕질에 싸움질 25
	계집질─까지도 갈 수 있어.
레날도	나리, 그런 건 불명예가 될 텐데요.
폴로니우스	아니지, 네가 그 욕설을 조절하기 나름이지.
	걔에게 색정에 빠지기 쉽다는 것과 같은
	또 다른 추문을 더해선 안 된다.─ 30
	그건 내 뜻 아니다. 그러니 그 애의 결점을
	넌지시 내비쳐 그게 마치 방종의 얼룩이고
	불같은 마음이 터뜨리는 섬광이며
	길이 안 든 혈기에 흔히 있는 야성처럼
	보이게 만들란 말이다. 35
레날도	근데 나리─
폴로니우스	왜 이렇게 해야만 하냐고?
레날도	예 나리, 그걸 알고 싶습니다.
폴로니우스	음, 내 취지는 이렇다.

그리고 난 이게 묘수라고 믿고 있어.
네가 이런 사소한 오점들을 내 자식이   40
자라면서 때가 묻은 것처럼 덧붙이면
잘 들어 봐,
대화의 상대방, 즉 네가 떠보려는 사람은
네가 입에 올리는 젊은이가 앞서 언급되었던
바로 그런 죄목을 범하는 걸 본 적이   45
언젠가 있었다면 그는 분명 다음처럼
그 사람과 나라의 어구와 호칭에 따라서,
'선생' 또는 '친구' 또는 '양반' 하며
맞장구칠 거야.

레날도   잘 알겠습니다, 나리.

폴로니우스 그런 다음, 이봐, 그는 이, 어—그는 어—내   50
가 뭔 말을 하려던 참이었지? 맙소사, 내가
뭔 말을 하려던 참이었어. 어디서 중단했지?

레날도 '다음처럼 맞장구칠 거야.'에서요.

폴로니우스 '다음처럼 맞장구칠 거야.', 암, 그렇지.
그 사람은 맞장구치기를 '그 신사를 압니다,   55
어제 봤죠.', 아니면 '그저께 봤었죠.'
또는 이때 또는 저때 이런저런 이와 함께
'말씀대로 노름했죠.', '술독에 빠졌죠.',
'정구 경기 하던 중 싸웠죠.', 또는 아마
'그분이 홍등가로 들어가는 걸 봤죠.'—   60
즉, 사창가나 그 밖의 장소로 말이다.

자 이젠 알겠지,
거짓이란 네 미끼가 진실이란 잉어를
낚는단 말씀이야. 이렇게 지혜와
능력 갖춘 사람들은 옆을 치고 변죽 울려   65
간접적인 수단으로 직접 목적 달성하지.
내 아들에게도 그렇게 하는 거야,
앞서 준 교훈과 충고로. 알았지, 알았냐?

레날도   알겠습니다, 나리.

폴로니우스   무사히 잘 가거라.

레날도   예, 나리.   70

폴로니우스 그 애의 취향을 몸소 살펴보거라.

레날도   그럽죠, 나리.

폴로니우스   음악에도 힘쓰라 해.

레날도   그럼요, 나리.   (퇴장)

오필리어 등장.

폴로니우스 잘 가라. 근데 이런, 오필리어, 웬일이냐?

오필리어   오, 아버지, 아버지, 너무너무 겁났어요.   75

폴로니우스 도대체 무슨 일로?

오필리어   아버지, 제 방에서 바느질을 하는데
            햄릿 왕자님이 조끼 단추 다 끄른 채
            모자도 쓰지 않고 더러운 긴 양말은
            대님 풀려 족쇄처럼 발목에 걸렸으며   80

속옷처럼 창백하고 무릎을 부딪치며
그 얼굴 표정이 너무나 가련하여
지옥에서 풀려나 끔찍한 일들을
말하려는 사람처럼 제게 나타나셨어요.

폴로니우스　너에게 미쳐서?

오필리어　　　　　모릅니다, 아버지.　　　　　　85
근데 사실 그것이 겁나요.

폴로니우스　　　　　　　　　뭔 말을 했는데?

오필리어　제 손목을 잡고서 저를 꼭 껴안았죠.
그런 다음 팔을 다 뻗을 만큼 떨어져서
한 손을 이렇게 이마 위에 얹고는
제 얼굴을 그릴 듯이 뜯어보기 시작했죠.　　　90
오랫동안 그러고 계셨어요.
이윽고 제 팔을 좀 흔들고 자기 머릴
이렇게 위아래로 세 번을 끄덕인 다음에
너무나 가련하고 깊은 한숨 토해 내어
온몸을 다 부숴 버리고 자신의 존재를　　　　　95
끝장낼 듯했어요. 그러더니 절 놔주고
어깨 너머 머릴 돌려 눈 없이 자기 길을
찾는 듯했어요. 왜냐하면 보지 않고
문 밖으로 나가셨고, 그 눈빛은 끝까지
제게로 향하고 있었으니까요.　　　　　　　100

폴로니우스　자, 같이 가자. 전하를 찾아뵐 것이다.
이게 바로 사랑으로 넋이 빠진 상태인데

그 과격한 속성은 자멸을 불러오고
인간을 괴롭히는 천하 여느 격정처럼
우리의 의지를 이끌어 절망적인 시도를   105
자주 하게 만든단다. 안됐구나.―
뭐, 최근에 그에게 심한 말을 했더냐?

오필리어 아뇨, 아버지. 그러나 명령하신 그대로
편지를 물리치고 저에게 접근하지
못하시게 했어요.

폴로니우스   그래서 미쳤어.   110
안됐구나, 그를 좀 더 주의 깊게 살펴보고
판단하지 못해서. 난 그가 너를 단지
희롱하고 망치려 한다고만 걱정했다.
하지만 의심도 한심했지! 우리들 나이엔
너무 넘겨짚는 게 젊은 축이 흔히들   115
분별력이 모자라듯 특별나지. 자, 왕께 가자.
이건 알려 드려야 해. 덮어 둘 경우에는
감춰야 할 슬픔이 사랑을 발설하여
받게 될 미움보다 더 많을 수 있겠다.
가자.   (함께 퇴장) 120

117~119행 덮어 둘…있겠다 둘의 사랑을 왕에게 고하지 않으면 그로 말미암
아 더 불행한 그리고 말 못 할 사태가 벌어질 수도 있을 것이다. 상사병으로
미친 햄릿이 무슨 짓을 할지 모르기 때문에. (아든)

2막 2장

팡파르. 왕과 왕비, 로젠크랜츠와 길든스턴,
시종들과 함께 등장.

왕 어서 오게, 소중한 로젠크랜츠와 길든스턴.
내가 많이 보고 싶어 했단 사실 외에도
자네들을 꼭 써야 할 필요가 생겨서
이리 급히 불렀네. 햄릿의 변신에 대해선
자네들도 무언가 들었겠지. 난 그걸   5
그렇게 부른다네, 안팎으로 사람이
과거의 그와는 닮은 데가 없으니까.
그가 자기 인식을 이토록 못 하는 이유가
아버지의 죽음 말고 또 어떤 게 있는지
나는 꿈도 못 꾸겠네. 둘에게 간청컨대   10
아주 어린 시절부터 그와 함께 자라났고
또 그의 젊음과 버릇을 깊이 알 터이니
한동안 짐의 궁에 머물러 그와 동무하면서
그를 여러 오락으로 이끌고 기회가 닿아서
캐낼 수 있는 한 알아봐 주기를 바라네.   15
짐이 알지 못하는 무슨 병이 이토록
그를 괴롭히는지, 그것이 밝혀지면
짐이 그걸 치유할 능력이 있는지를.

2막 2장 장소 엘시노어 왕성.

왕비	이보게, 자네들 얘기를 그가 많이 했다네.
	살아 있는 사람들 가운데 자네들 둘보다 20
	그와 더 마음 맞는 사람은 없다고 확신해.
	자네들이 우리의 소원 성취 위하여
	기꺼운 마음으로 잠시 짬을 내줄 만큼
	예절과 호의를 보인다면 왕께서는
	자네들의 방문을 기억하고 알맞은 보답을 25
	내리실 것이야.
로젠크랜츠	두 분 마마께서는
	저희에 대해서 가지신 왕권으로
	지엄하신 두 분 뜻을 간청하기보다는
	명령해 주옵소서.
길든스턴	하오나 저희는 복종하고
	신명을 다하고자 여기에서 봉사를 30
	두 분의 발아래 최대한 바치오니
	명령만 내려 주시옵소서.
왕	고맙네, 로젠크랜츠와 친절한 길든스턴.
왕비	고맙네, 친절한 길든스턴과 로젠크랜츠.
	바라건대 너무 많이 변해 버린 내 아들을 35
	곧 만나 보게나. 너희 중 몇 사람은
	두 신사를 햄릿 있는 곳으로 안내하라.
길든스턴	하느님은 저희가 꾸밀 일이 그에게
	즐겁고 도움 되게 하소서.
왕비	암, 동감이네.

(로젠크랜츠와 길든스턴, 시종과 함께 퇴장)

폴로니우스 등장.

폴로니우스	전하, 노르웨이로 떠났던 사신들이
	기쁨에 차 되돌아왔습니다.
왕	그대는 언제나 희소식의 근원이오.
폴로니우스	그렇습니까, 전하? 제 주군께 분명히
	말씀드리자면 저는 제 영혼을 보호하듯
	하느님과 전하께 의무를 다합니다.
	그래서 제 생각에―틀렸다면 이 머리가
	국정의 흐름을 예전처럼 확실히
	좇지 못한 탓이겠지만―햄릿이 실성한
	바로 그 까닭을 정말 찾아냈습니다.
왕	오 말해 보시오. 그걸 정말 듣고 싶소.
폴로니우스	사신들을 먼저 들라 하십시오. 제 소식은
	그 성대한 정찬의 후식이 될 것입니다.
왕	그대가 그들을 영접하고 데려오오.

(폴로니우스 퇴장)

사랑하는 거트루드, 그가 당신 아들의

40

45

50

38행꾸밀일 길든스턴의 의도와는 달리 그가 쓰는 말에 이미 부정적인 뜻이
내포되어 있다.
52행정찬 음식의 비유로, 노르웨이로 갔던 사신들이 가져온 희소식.

모든 정신 이상의 근원을 찾았다 합니다.   55

왕비 전 그게 주된 원인, 즉 개 아비의 죽음과
우리의 성급한 결혼이 아닐까 생각해요.

왕 글쎄요, 캐물어 봅시다.

폴로니우스, 볼티맨드, 코넬리우스 등장.

어서 오게, 친구들.
자, 볼티맨드, 노르웨이 형님의 말씀은?

볼티맨드 인사말과 요청에 최고로 화답하셨습니다.   60
저희의 첫 주장에 왕께선 조카의 모병을
중지시켰습니다. 그분에겐 그것이
폴란드를 상대로 한 준비로 보였으나
깊이 들여다보니 사실은 전하가 상대임을
알아냈답니다. 그래서 자신의 병과 나이,   65
무력함 때문에 그렇게 속았음을 통탄하고
포틴브래스에게 금지령을 내렸는데
짧게 말씀드리자면 그는 복종하였고
노르웨이 왕에게서 질책을 받았으며
끝으로 자기 삼촌 앞에서 다시는 전하께   70
무력 시도 않겠노라 맹세했답니다.
그러자 노르웨이 노왕이 기쁨에 넘쳐서
연금 삼천 크라운을 그에게 내렸고
전처럼 징집한 병사들은 폴란드를 상대로

사용할 권한을 주었는데, 한 가지 탄원은 　　75
여기에 자세히 나타나 있지만 (서류를 바친다.)
이 작전을 위하여 전하의 영토를
조용히 지나가게 해 주시길 바라는 것이고
그에 관한 안보와 허락의 조건들은
거기 적혀 있습니다.

왕　　　　　　　　　　짐의 맘에 꼭 들고　　80
이 문제는 숙고할 여유가 있을 때
읽어 보고 답하면서 생각해 볼 것이다.
그동안에 만족스러운 노고를 치하하네.
가서 쉬고 밤에는 향연을 같이 하세.
정말 잘 돌아왔어. (볼티맨드와 코넬리우스 퇴장)

폴로니우스　　　　　　　이 일은 잘 끝났습니다.　　85
전하, 마마, 국왕의 지위는 무엇이고
임무는 무엇이며, 왜 낮은 낮 밤은 밤
시간은 시간인지 규명해 보는 것은
밤과 낮과 시간의 낭비일 뿐입니다.
그러므로 기지의 핵심은 간결함이고　　90
장황함은 그것의 팔다리와 겉치레인지라
짧게 말씀드리죠. 아드님은 미쳤어요.
미쳤다고 봅니다. 진정한 광기를 정의할 때
미쳤다고 할 수밖에 없지 않겠습니까?

73행 크라운 5실링짜리 금화.

하지만 그만하죠.

왕비　　　　　　　　말재주보다는 요점을.　　　　95

폴로니우스　마마, 말재주 부리는 게 전혀 아니올시다.

미친 건 사실이고 사실인 게 애석하고

애석하죠, 사실인 게. 바보 같은 수사법이─

하지만 관두죠. 말재주는 안 부릴 테니까요.

그럼 그가 미쳤다고 칩시다. 그럼 이제　　　　100

이러한 결과의 원인을, 아니죠, 오히려

이러한 결함의 원인을 찾는 일이 남지요.

이렇게 결함 있는 결과는 원인으로 생기니까.

이리하여 남은 건, 또 나머진 이러하니

숙고해 보소서.　　　　　　　　　　　105

저에게 딸 하나가 있는데─제 것일 동안만─

고것이 순종의 의무를 지켜서, 보십시오,

이걸 제게 줬답니다. 자, 추측해 보소서.

(읽는다.) '거룩한 내 영혼의 우상, 최고로 미

화된 오필리어'─이건 못된 표현, 상스러운　　110

표현입니다. '미화된' 건 상스러운 표현입니

다. 그래도 들려 드리지요.─'그녀의 빼어난

흰 가슴에 이 글을 어쩌고저쩌고.'

왕비　햄릿이 그녀에게 보낸 거요?

폴로니우스　잠시만, 마마. 정확하게 말씀드리겠나이다.　　115

　　　　'별들이 불탈까 의심하고

　　　　태양이 움직일까 의심하고

진실이 거짓일까 의심하나

내 사랑은 절대로 의심 마오.

오, 그대 오필리어, 난 이런 글은 못 짓겠소. 120

내 신음 소리에 운 맞출 재주는 없다오. 하지

만 당신을 최고, 최상으로 사랑함은 믿어 주

오. 안녕.

최고로 사모하는 숙녀여, 이 기계가

내 것인 한 영원히 그대 것인 햄릿.' 125

이것을 제 딸이 순종하며 보여 줬고

거기에 더하여 그가 애원하였던 시간과

수단과 장소를 순서대로 낱낱이

제 귀에 들려주었나이다.

왕   근데, 딸애는 이 사랑을 어찌 받아들였소? 130

폴로니우스 전하께선 절 어떻게 생각하십니까?

왕   충직하고 명예로운 사람으로 생각하오.

폴로니우스 그걸 증명하렵니다. 하지만 전하께선

어찌 생각하셨겠습니까?

제가 이 불붙은 사랑을 봤을 때― 135

딸애가 말해 주기 이전에 제가 감지했는데,

124행 기계 엘리자베스 시대 사람들은 넓게는 자연을, 좁게는 인간의 육신
을 하나의 기계 장치로 생각하였다. 당시 기계라는 낱말은 지금처럼 무미건
조한 뜻으로 이해된 것이 아니라 여러 부품으로 구성된 복잡한 구조물에
대한 그때 사람들의 감탄을 담고 있었다. (아든)

그 점을 아뢰어야 되겠습니다만―전하나
여기 왕비 마마께선 어찌 생각하셨겠습니까?
제가 만일 거간꾼, 중매쟁이 노릇을 했거나
마음의 눈을 감고 벙어리가 되었거나   140
이 사랑을 한가로이 바라만 보았다면
어찌 생각하셨겠습니까? 아뇨, 전 곧장
작업에 들어가 딸년에게 말했지요.
'햄릿 왕자님은 네 팔자에 전혀 없는 분이다.
이건 아니 된다.'고. 그런 다음 지시를 내렸지요.   145
그의 잦은 방문에 문을 걸어 잠그고
심부름꾼 안 만나고 정표 받지 말라고요.
그런 뒤에 딸애는 제 충고를 실천에 옮겼고
퇴짜를 맞은 그는 짧게 말씀드리자면
슬픔에 빠졌고 그다음엔 금식에   150
그다음엔 불면증에, 그로부터 허약증에
그로부터 착란증이라는 악화의 일로 끝에
지금 그가 광분하고 우리 모두 통탄하는
광증에 빠졌지요.

왕   당신도 그렇게 생각하오?

왕비   어쩌면, 흡사해요.   155

폴로니우스   제가 한번 단호히 '이렇다.'고 했는데―
기꺼이 알고 싶습니다만―그렇지 않다고
밝혀진 적 있습니까?

왕   그런 적은 없었소.

폴로니우스   만약에 틀리면 여기에서 이걸 떼어 내소서.

(자기 머리와 어깨를 가리킨다.)

상황이 허락하면 진실이 숨은 곳을   160
그게 정말 지구의 중심에 숨었대도
찾아내겠습니다.

왕   어떻게 더 알아보지요?

폴로니우스   다 아시다시피 그는 때로 이곳의 낭하를
네 시간 동안이나 거닙니다.

왕비   정말이오.

폴로니우스   그때 제가 딸애를 풀어놓겠습니다.   165
그런 다음 전하와 전 휘장 뒤에 있으면서
그 만남을 지켜보죠. 그가 딸을 사랑 않고
그 때문에 이성이 마비되지 않았다면
저더러 국사를 도울 게 아니라
농사나 지으라 하십시오.

왕   해 봅시다.   170

햄릿, 책을 읽으며 등장.

왕비   근데 저기 가엾은 게 엄숙히 책 읽으며 오네요.

폴로니우스   자리를 뜨십시오, 두 분 마마, 어서요.

161행 지구의 중심 천동설에서 가장 접근하기 힘들고 빛으로 부터 가장 먼
지점.

곧 말을 걸지요. 제게 맡겨 주십시오.

(왕과 왕비 및 시종들 함께 퇴장)

햄릿 왕자님께선 어떻게 지내시는지요?

햄릿 　글쎄, 별 탈 없이 지내지.　　　　　　　175

폴로니우스 　저를 아십니까, 왕자님?

햄릿 　알다마다. 자넨 생선 장수야.

폴로니우스 　아닙니다, 왕자님.

햄릿 　그럼 자네가 그자만큼 정직한 인간이길 바
라네.　　　　　　　　　　　　　　　180

폴로니우스 　정직하라고요, 왕자님?

햄릿 　그렇지. 지금 세상 돌아가는 걸 보면 정직한
사람이란 만에 하나가 있을까 말까지.

폴로니우스 　그건 정말 사실입니다, 왕자님.

햄릿 　왜냐하면 태양이 죽은 개에 구더기를 슬게　185
한다면, 키스하기 딱 좋은 고기니까―자네,
딸 있던가?

폴로니우스 　있습니다, 왕자님.

햄릿 　그럼 개가 태양 아래에선 걷지 않도록 하게.
착상은 축복이네만 자네 딸에게 착상이 일　190
어나면―친구여, 조심하게.

폴로니우스 　(방백) 저 보라고. 여전히 내 딸 얘기를 하고

185~186행 태양이…한다면 태양이 죽은 물체로부터 새로운 생명을 만들어 낸
다는 생각은 오래된 것이다. (아든)

70

있어. 그렇지만 처음엔 날 몰라봤어. 나를 생
선 장수라 했겠다. 한참 갔어. 사실, 나도 젊
은 시절 사랑 때문에 아주 혹독한 시련을 겪   195
었지. 이와 대단히 비슷했어. 다시 말을 걸어
봐야지.―무엇을 읽고 계십니까, 왕자님?

햄릿　　　말, 말, 말이야.

폴로니우스　내용이 무엇입니까, 왕자님?

햄릿　　　네 용이 나타났어?   200

폴로니우스　읽고 계시는 내용 말입니다, 왕자님.

햄릿　　　험담일세. 여기 비꼬기 좋아하는 어떤 놈이
말하기를 늙은이들란 흰 수염에 얼굴은 쭈
그러들고 눈에는 뻑뻑한 송진과 아교가 흘러
나오며 팔푼이처럼 정신이 하나도 없는 데다   205
허벅지는 약해 빠졌다고 하는구먼. ― 이봐,
이 모든 걸 나도 강력하게 또 힘주어 믿네만
이런 식으로 그걸 적어 놓는다는 건 올바르
지 못하다고 생각해. 왜냐하면 자네도 나처
럼 늙을 테니까―만일 자네가 게처럼 뒷걸   210
음칠 수 있다면 말일세.

폴로니우스　(방백) 이게 미친 증상이긴 하지만 그래도 원

189~191행 그럼…조심하게　이때 태양은 새로운 생명을 잉태시킨다는 앞서의
생각과 더불어 비유적으로 빛이 비치는 공공장소라는 의미가 있으며 왕을
상징하기도 한다. 여기서는 햄릿 왕자를 의미한다. (아든)

칙은 있어. ─ 왕자님, 바람 없는 곳으로 가실
까요?

햄릿   내 무덤 속으로?   215

폴로니우스   정말, 거긴 바람이 없지요. ─ (방백) 때론 얼
마나 의미심장한 응답을 하는지. ─ 이런 건
광기 때문에 가끔씩 찾아오는 행운인데, 이
성이나 맑은 정신 가지고는 이렇게 꼭 들어맞
게 말할 순 없지. 여길 떠나 곧장 그와 내 딸   220
을 만나게 할 방도를 궁리해 봐야지. ─ 왕자
님, 소신이 물러가도록 허락해 주시옵소서.

햄릿   이봐, 자네가 물러가는 것보다 내가 더 기꺼
이 허락해 줄 일은 하나도 없어 ─ 내 목숨만,
내 목숨만, 내 목숨만 빼놓고는.   225

폴로니우스   안녕히 계십시오, 왕자님.

햄릿   이 지겹고 늙어 빠진 바보들.

로젠크랜츠와 길든스턴 등장.

폴로니우스   햄릿 왕자님을 찾으러 가는군. 저기 계셔.

로젠크랜츠   안녕히 가십시오.   (폴로니우스 퇴장)

길든스턴   존경하옵는 왕자님.   230

로젠크랜츠   최고로 소중하신 왕자님.

햄릿   둘도 없는 내 친구들. 길든스턴, 자넨 어떻게
지내나? 아, 로젠크랜츠. 여보게들, 둘 다 어

떻게 지내나?

로젠크랜츠 보통 사람들처럼 그럭저럭 지냅니다.   235

길든스턴 지나치게 행복하지 않다는 점에서 저희는
행복합니다. 저희는 운명 여신 모자 위의 단
추는 아니랍니다.

햄릿 그렇다고 그녀의 신발 밑창은 아니겠지?

로젠크랜츠 양쪽 다 아닙니다, 왕자님.   240

햄릿 그럼 자네들은 그녀의 허리께 쯤, 아니면 중
간 정도의 호의를 받으면서 산단 말인가?

길든스턴 실은 허리 조금 아래에 살지요.

햄릿 그녀의 은밀한 부분에 산다고? 아, 그거 참 맞
는 말이야, 그녀는 창녀니까. 무슨 소식이라도?   245

로젠크랜츠 없습니다, 왕자님, 세상이 정직해진 것밖엔.

햄릿 그럼 종말이 가까웠군. 근데 자네들 소식은
진실이 아냐. 좀 더 구체적으로 물어보지. 여
보게, 친구들, 운명의 여신으로부터 어떤 벌
을 받았기에 그녀가 자네들을 이곳 감옥으   250
로 보냈는가?

길든스턴 감옥이요, 왕자님?

햄릿 덴마크가 감옥이지.

로젠크랜츠 그럼 이 세상도 같은 곳입니다.

244~245행 그녀의⋯창녀니까 햄릿은 로젠크랜츠와 길든스턴을 창녀로 소문난
운명 여신의 음부로 끌고 간다.

햄릿	꽤 큰 곳이지. 거기엔 수많은 구치소와 감방과	255
	동굴이 있는데 덴마크가 그 가운데 최악이야.	
로젠크랜츠	저희는 그리 생각 않습니다, 왕자님.	
햄릿	그래, 그럼 자네들에겐 아니지, 왜냐하면 좋	
	거나 나쁜 건 없는데 생각 따라 그리될 뿐이	
	니까. 내겐 여기가 감옥이야.	260
로젠크랜츠	그렇다면 왕자님의 야망이 그렇게 만든 것입	
	니다. 왕자님의 마음엔 이게 너무 좁지요.	
햄릿	오 하느님, 난 호두알 속에 갇혀 있다 해도	
	나 자신을 무한 공간의 왕이라 생각할 수 있	
	다네.—악몽을 꾸지만 않는다면 말일세.	265
길든스턴	그 꿈이란 게 사실은 야망입니다. 야망에 찬	
	사람들의 진정한 본질은 단지 꿈의 그림자일	
	뿐이니까요.	
햄릿	꿈 자체도 그림자일 뿐이지.	
로젠크랜츠	맞습니다. 야망의 속성은 공기처럼 너무나 가	270
	벼워서 그림자의 그림자일 뿐이라 생각됩니다.	
햄릿	그렇다면 거지들이 실체이고, 왕과 허세 부	
	리는 영웅들은 거지들의 그림자란 말이군.	
	궁정으로 들어갈까? 실토하네만 난 논증을	

272~273행 그렇다면…말이군 지금까지 야망이란 주제를 놓고 로젠크랜츠와
길든스턴의 주장을 두 번 반박한 햄릿은 이제 그들의 논리를 얼토당토않는
극한까지 과장하여 우스꽝스럽게 만들고 있다. (아든)

못 하겠어. ²⁷⁵

로젠크랜츠·길든스턴 저희가 모시겠습니다.

햄릿 무슨 말씀을. 난 자네들을 내 시종처럼 취급
하진 않을 테야. 자네들에게 정직하게 말하
네만 난 아주 무시무시한 시중을 받고 있으
니까. 하지만 친구끼리 터놓고 묻겠는데, 엘 280
시노어엔 웬일인가?

로젠크랜츠 왕자님을 뵈러 왔지 다른 일은 없습니다.

햄릿 내 비록 거지지만 고마움을 표하려니 더더욱
가난하군, 하지만 고맙네. 근데 여보게들, 내
고마움은 분명 반 푼 값어치도 없네. 자네들 285
불려 오지 않았어? 본인들의 의향이야? 제
발로 찾아왔어? 자, 자, 날 올바로 대해 줘.
자, 자.—아니, 말해.

길든스턴 무슨 말을 해야 할까요, 왕자님?

햄릿 의도만 빼놓고 아무거나. 자네들은 불려 온 290
거야. 얼굴에 '고백합니다.'라고 쓰여 있는데
사람들이 고상하여 그걸 감출 만큼 교활하
진 못하구먼. 왕과 왕비 마마께서 자네들을
부르신 줄 알아.

로젠크랜츠 무슨 목적으로요, 왕자님? 295

햄릿 그야 자네들이 내게 가르쳐 줘야지. 하지만
우리 우정의 당연한 권리로, 우리 젊음의 일
치된 마음으로, 언제나 보존된 우리 사랑의

의무로, 또는 이보다 더 나은 제안으로 재촉
할 수 있는 게 있다면 그것으로 내 자네들에 300
게 엄숙하게 물을 테니 불려 왔는지 아닌지
사실대로 말해 주게.

로젠크랜츠 (길든스턴에게 방백) 뭐라고 말하지?

햄릿 (방백) 음, 그렇다면 나도 눈치챘어.─자네들
이 날 아낀다면 발뺌하지 말게. 305

길든스턴 왕자님, 저희들은 불려 왔습니다.

햄릿 내가 그 이유를 말해 주지. 그러면 내가 넘겨
짚었으니 자네들은 발각되지 않을 테고 왕과
왕비에 대한 자네들의 비밀은 털끝만큼도 다
치지 않을 테니까. 난 최근에 왠지는 모르겠 310
지만 내 모든 즐거움을 잃어버리고 모든 수
련 활동도 관뒀다네. 그리고 사실은 내 심정
이 너무나 울적하여 이 아름다운 구조물인
지구가 내게는 불모의 땅덩이로 보이고, 가
장 빼어난 덮개인 저 대기, 보라고, 찬란하게 315
걸려 있는 저 창공, 황금 불꽃으로 수놓은
저 장엄한 지붕, 글쎄, 이런 것들이 내게는 더
럽고 유해한 증기의 집합체로밖에 보이지 않
는다네. 인간이란 참으로 걸작이 아닌가. 이
성은 얼마나 고귀하고 능력은 얼마나 무한하 320
며, 생김새와 움직임은 얼마나 깔끔하고 놀
라우며, 행동은 얼마나 천사 같고 이해력은

얼마나 신 같은가. 이 세상의 꽃이고 동물
들의 귀감이지—그렇지만 내겐 이 무슨 흙
중의 흙이란 말인가? 난 인간이 즐겁지 않   325
아—여자도 마찬가지야, 자넨 웃으면서 반대
하는 것 같지만.

로젠크랜츠　왕자님, 제 마음속에 그런 생각은 없었습니다.

햄릿　그럼 내가 인간이 즐겁잖다 했을 때 왜 웃었지?

로젠크랜츠　만약 왕자님께서 인간이 즐겁지 않으시다면   330
배우들이 얼마나 푸대접을 받을까 생각나서
요. 오는 길에 저희가 그들을 앞질렀는데 왕자
님께 봉사하려고 이리로 오고 있는 중입니다.

햄릿　왕 역할을 맡은 배우를 환영할 거야—전하
께선 내 공물을 받을 것이며 모험을 좋아하   335
는 기사는 창과 방패를 쓰게 해 주고, 연인
은 공짜로 한숨짓지 않을 것이며 성질 별난
사람은 조용히 자기 역을 끝내게 해 주고, 광
대는 허파에 바람 든 사람들을 웃길 것이며
숙녀는 자기 의견을 마음대로 말하게 해 줄   340
것이야.—안 그러면 대사가 절름발이가 될
테니까. 어떤 배우들인가?

로젠크랜츠　왕자님께서 그렇게도 즐거워하셨던 바로 그
수도의 배우들입니다.

햄릿　어째서 그들이 떠돌아다니지? 머물러 있었   345
을 때가 수입과 명성, 둘 다 나았는데.

로젠크랜츠 제 생각에 그들의 공연 금지는 최근의 정치
적 소요 때문인 것 같습니다.

햄릿 그들의 평판은 내가 수도에 있었을 때와 마
찬가진가? 여전히 구경꾼들이 몰리나?   350

로젠크랜츠 아뇨, 실은 그렇지가 않습니다.

햄릿 어째서 그런가? 연기가 녹슬었나?

로젠크랜츠 아뇨, 전과 같은 보조로 노력하고 있습니다.
하지만 한 떼의 어린애들, 조그만 매 새끼들
이 찢어지는 목소리로 경쟁을 벌이고 있으며   355
열렬한 박수갈채를 받고 있답니다. 이런 애
들이 지금 유행이고 '대중' 극장을 ─ 걔들이
그렇게 부릅니다만 ─ 얼마나 씹어 대는지 많
은 칼 찬 신사들은 독필이 무서워 감히 그쪽
으로 가지도 못한답니다.   360

햄릿 뭐라고, 애들이라고? 누가 걔들을 부양하지?
생활은 어떻게 꾸려 가고? 고운 목소리를 낼
수 있을 때까지만 배우 노릇을 할 건가? 걔
들이 자라 일반 배우가 된다면 ─ 더 나은 대
책이 없는 한 그렇게 될 게 뻔한데 ─ 자기네   365
작가들이 자기들의 미래를 자기들 스스로

347~348행 정치적 소요 덴마크에서 있었던 정변이 아니라 영국 일을 말하는
것 같지만 정확한 사건은 알려지지 않고 있다. 1601년 2월에 있었던 엘리자
베스 여왕의 총신 에섹스의 반란이 아닐까 추정된다. (아든)

욕하게 만든 건 잘못이라고 나중에 말하지
않겠어?

로젠크랜츠 사실이지, 양편 모두 요란했습니다. 게다가
그들을 자극하여 시비 걸게 만들어도 온 나 370
라가 그건 죄가 아니라고 생각합니다. 한동
안 작가와 배우가 이 문제로 주먹다짐을 벌
이지 않는 주제에는 아무도 돈을 내놓지 않
았답니다.

햄릿 그럴 수가? 375

길든스턴 아, 저간에 머리싸움이 많이 벌어졌지요.

햄릿 애들이 승리를 차지했던가?

로젠크랜츠 예, 그랬답니다, 왕자님. 헤라클레스와 그가
짊어진 이 세상도 함께요.

햄릿 그야 별로 이상할 것 없지, 삼촌이 덴마크 왕 380
이니까. 아버지가 살아 계셨을 땐 그에게 입
을 삐죽거리던 친구들이 이 왕의 작은 초상
한 점에 스물, 마흔, 쉰, 백 냥의 금화를 내고
있으니까. 허 참, 이건 뭔가 자연스럽지 못한
데가 있어, 학문으로 밝혀내면 알겠지만 말 385

378~379행 헤라클레스…함께요 헤라클레스가 아틀라스를 대신하여 지구를
잠시 지고 있었다는 그리스 신화를 빗대어 한 말. 또한 셰익스피어가 주주
이자 전속 극작가로 있었던 글로브 극장의 상징물은 지구를 어깨 위에 지
고 있는 헤라클레스였다고 한다. (아든)

일세.　　　　　　　　　　(요란한 트럼펫 소리)

길든스턴　배우들입니다.

햄릿　여보게들, 엘시노어에 온 걸 환영하네. 악수
하지, 자, 어서. 환영에는 격식과 예절이 있는
법. 이런 식으로 예의를 갖추겠네. 왜냐하면　　390
배우들에 대한 내 행동에 있어서—겉으로는
공평해야 된다고 말해 두겠네만—자네들보
다 그들을 더 환대하는 것처럼 보여선 안 되
니까. 자네들을 환영하네. 하지만 삼촌 아버
지와 숙모 어머니께선 속으셨어.　　395

길든스턴　어째서요, 존경하는 왕자님?

햄릿　난 그저 북북서로 미쳤을 뿐이거든. 남풍이 불
면 난 뭐가 발인지 톱인지 분간할 수 있다고.

폴로니우스 등장.

폴로니우스　여러분, 안녕하십니까.

햄릿　여보게, 길든스턴, 그리고 자네도—귀 좀 빌　400
려주게. 저기 보이는 저 커다란 아기는 아직
도 기저귀를 못 벗고 있다네.

397행난…뿐이거든　햄릿이 뜻하는 바는 첫째, 자기는 올바른 정신을 의미하
는 정북에서 약간 빗나가 있을 뿐이며 둘째, 나침반의 모든 방향에서 혹은
시간상으로 언제나 미쳐 있는 것은 아니란 말이다. (뉴케임브리지)

로젠크랜츠   아마 그걸 두 번째로 차게 된 모양입니다, 노
               인은 다시 어린애란 말이 있으니까요.

    햄릿   예언하겠네만 배우들 일을 내게 말해 주러   405
               왔어. 주목하게.—맞습니다, 나리, 월요일 아
               침에, 그건 바로 그때였습니다.

폴로니우스   왕자님, 소식이 있습니다.

    햄릿   나리, 소식이 있습니다. 로스키우스가 로마
               의 명배우였을 때—   410

폴로니우스   배우들이 이곳에 왔습니다, 왕자님.

    햄릿   멍멍.

폴로니우스   제 명예를 걸고—

    햄릿   그때 배우들은 각자 나귀를 타고 왔도다.—

폴로니우스   이 세상에서 으뜸가는 배우들로 비극, 희극,   415
               사극, 목가극, 희극적 목가극, 목가극적 사극,
               사극적 비극, 목가극적 사극적 희극적 비극, 장
               소 불변의 극이나 무제한 극도 좋고, 세네카의
               비극이 아무리 무거워도 플라우투스의 희극

418행세네카 고대 로마 철학자, 극작가 정치가. 그리스 비극과 신화에서 주
제를 따온 극을 주로 썼으며, 잔인한 묘사와 유령이나 마녀의 등장이 특징
이었다. 이후 셰익스피어를 비롯한 영국과 프랑스 극작가들에게 큰 영향을
주었다.
419행플라우투스 고대 로마의 희극 작가. 그리스 희극에서 영향을 받아, 속
담과 욕설, 임기응변 등을 활용해 라틴 문학에 새로운 장르를 개척했으며,
셰익스피어 역시 그의 영향을 받은 것으로 평가된다.

이 아무리 가벼워도 좋으며, 극작법을 따른   420
극이든 무시한 극이든 이들이 유일한 배우
들이랍니다.

햄릿   오, 입다, 이스라엘의 대사사이시여, 그대는
얼마나 값진 보물을 가졌는가!

폴로니우스   그가 무슨 보물을 가졌습니까, 왕자님?   425

햄릿   있잖아,

　　　'고운 딸 하나가 고작이라
　　　'그 아이를 끔찍이 사랑했네.'

폴로니우스   (방백) 여전히 내 딸이야.

햄릿   내 말이 맞잖소, 입다 영감?   430

폴로니우스   저를 입다라 하신다면 왕자님, 제가 끔찍이
사랑하는 딸이 하나 있습니다.

햄릿   아니, 그건 앞뒤가 맞지 않아.

폴로니우스   그럼 뭐가 맞습니까, 왕자님?

햄릿   있잖아,   435

　　　'팔자 따라, 운에 따라.'

그다음은 아시지,

　　　'일이 났지, 그럴 것 같았는데.'

더 알려거든 성가의 첫 번째 연을 보라고, 내

423행입다 고대 이스라엘의 사사였던 그는 자기가 만약 전쟁에서 승리하고
돌아오면 첫 번째로 눈에 띄는 생명을 제물로 바치겠다고 맹세했다. 그가 처
음 본 것은 자기 딸이었지만 약속을 지켰다. (RSC)

말을 잘라먹는 사람들이 여기로 오니까.   440

                    배우들 등장.

자네들, 어서 오게. 모두들 잘 왔어―자네가
건강하니 기쁘구먼.―잘 왔네, 친구들.―아,
옛 친구. 아니 자네, 지난번 본 뒤로 턱에 울
타리가 생겼군. 덴마크에서 수염으로 내게 도
전하러 왔는가?―여, 우리 작은 아기씨! 이   445
런, 제가 지난번 뵀을 때보다 숙녀화 굽 높이
만큼 하늘에 더 가까워지셨군요. 제발 아기
씨 목소리가 못 쓰게 된 금화처럼 금 가지는
않았기 바랍니다.―자네들 모두 잘 왔어. 우
리 프랑스 매사냥꾼들처럼 해 보자고, 눈에   450
띄는 대로 날려 봐. 곧장 한 대목 읊어 보게.
자, 자네의 재능 한번 맛보게 해 주게. 어디,
열정적인 대목 하나 해 보게.

배우 1 어떤 대목 말입니까, 왕자님?

햄릿   자네가 언젠가 내게 한 대목 읊어 주는 걸   455
       들었지. 하지만 그건 공연되진 않았고 됐더
       라도 한 번 이상은 아니었어.―내 기억에 그
       극은 만인을 기쁘게 하진 못했으니까. 대중
       들에겐 캐비어 같은 것이었지. 하지만 그건
       내가 또 그런 문제에 있어서 나보다 판단력   460

이 더 뛰어나다고 인정된 사람들이 이해하기
엔 장면의 짜임새가 좋고 재주만큼이나 절
도를 보여 주는 탁월한 연극이었어. 내 기억
에 누군가 말하기를 그 연극 대사엔 짭짤한
내용의 음담패설을 넣은 곳이나 문체에 작가   465
의 허세를 탓할 부분이 하나도 없이 매사가
정직하게 처리되어 달콤한 만큼 건전하고 기
교보단 자연미가 훨씬 돋보인댔어. 그 극에
서 내가 제일 좋아했던 대목이 있는데 그건
아이네이아스가 디도에게 해 준 얘기로, 특   470
히 그가 프리아모스의 도륙을 말하는 부근
이야. 기억할 수 있거든 이 줄에서 시작해 보
게―어디 보자, 어디 보자―
'험상궂은 퓌로스가 히르카니아의 야수처럼'―
이게 아냐. 퓌로스로 시작하는데―   475
'험상궂은 퓌로스가 불길한 목마 속에
쭈그리고 앉았을 땐 칠흑 같은 갑옷이

459행 캐비어 철갑상어의 알. 대단히 값비싼 진미.
470행 아이네이아스가 디도에게 로마 시인 베르길리우스의 서사시 『아이네이아
스』에 나오는 두 인물로 아이네이아스는 트로이의 영웅이며 디도는 그를 사
랑하는 카르타고의 여왕이다.
471행 프리아모스 트로이의 왕이며 아이네이아스의 아버지.
474행 퓌로스 퓌로스는 아킬레스의 아들이다. 이 극작품에서 햄릿, 포틴브래
스, 레어티스와 더불어 복수하는 아들 가운데 하나.
히르카니아 카스피해 남쪽 연안에 있는 지역으로 사나운 호랑이로 유명했다.

자신의 의도처럼 검은 밤을 닮았더니
지금은 그 무섭고 검은 모습 더욱더
불길한 색깔로 물들었소. 그는 지금   480
머리끝에서 발끝까지 완전히 시뻘겋게
아비, 어미, 딸들과 아들들의 핏물로
끔찍이 채색되어 그들 왕의 살해에
포악과 저주를 더하면서 불타는 거리에서
바짝 말라 구워졌소. 분노와 불길에   485
딱딱해진 피껍질을 온몸에 덮어쓰고
석류석 붉은 눈빛, 지옥 같은 퓌로스가
프리아모스 노친을 찾는다오.'
이어서 자네가 계속하게.

폴로니우스 맹세코, 왕자님, 잘 읊으셨습니다. 억양도 좋   490
으시고 분별력도 좋습니다.

배우 1   '그는 곧
그리스인들을 헛치는 그를 찾아내었소.
낡아 빠진 그의 칼은 자기 팔에 반역하듯
불복하며 누워 있고, 적수가 못 되는
프리아모스에게 퓌로스가 돌진하여 내려치나   495
격노하여 빗나갔소. 하지만 획 하는
사나운 칼바람에 약골 노인 쓰러졌고

476행 목마 그리스 군대가 트로이 성 안으로 들어갔을 때 이용했던 나무로
만든 말.

그때는 무감각한 일리움도 충격을 느끼는 듯

불타는 성루가 바닥으로 무너지며

오싹할 굉음으로 퓌로스의 두 귀를 잡았다오.   500

왜냐하면 보시오, 프리아모스 노왕의

우윳빛 머리 위로 내려오던 그의 칼이

허공에 붙은 듯했으니까. 퓌로스는 그렇게

그림 속의 폭군처럼 뜻과 실행 중간에서

아무 짓도 못 하였소.   505

그렇지만 폭풍 직전 하늘은 고요하고

먹구름은 꼼짝 않고 드센 바람 입 다물어

대지는 죽은 듯이 조용하나 곧이어

무서운 천둥이 대기를 찢는 것을 자주 보듯

멈춘 뒤 되살아난 복수심에 퓌로스는   510

다시 일을 시작했고, 영원히 그 강도를

보장토록 벼려 만든 마르스의 갑옷에

키클롭스 철퇴가 떨어질 때보다 더 모질게

퓌로스의 피 듣는 칼날이 프리아모스에게

지금 막 떨어지오.   515

꺼져라, 꺼져라, 창녀 여신 운명아!

498행 일리움 고대 트로이의 라틴 이름. 그러나 여기에선 도시보다 성채를
가리킨다. (아든)
512행 마르스 로마 신화에서 전쟁의 신.
513행 키클롭스 외눈박이 거인으로 불과 대장간의 신이며 불카누스의 하인.
이 거인들이 철퇴와 같은 신들의 무기를 만들었다.

함께 모인 제신들은 그녀의 힘을 뺏고
물레의 바퀴살과 겉 테를 다 부수고
둥근 그 바퀴통은 하늘 언덕 저 아래
지옥까지 굴리소서.'   520

폴로니우스 이건 너무 깁니다.

햄릿 당신의 수염과 함께 이발사에게 보내 주
지.─제발 계속하게. 그는 흥겨운 춤이나 야한
얘기가 안 나오면 잠든다네. 이어서 헤카베로
건너가게.   525

배우 1 '근데 누가─아, 슬프다!─얼굴 감싼 왕비가'─

햄릿 '얼굴 감싼 왕비'라.

폴로니우스 좋습니다, '얼굴 감싼 왕비'는 좋습니다.

배우 1 '맨발로 이리저리 뛰는 걸 봤더라면
폭우 같은 눈물로 불길을 위협하며   530
최근까지 보관 썼던 그 머리엔 천 조각을
지나친 출산으로 지쳐 여윈 그 허리엔
공포의 경종 속에 집어든 담요를 둘렀는데─
누가 이걸 봤더라면, 독에 담근 혀끝으로
운명 여신 통치에 반역을 선포했을 것이오.   535

518행 물레 운명의 여신이 인간의 운명을 잣는 기구.
524행 헤카베 트로이의 왕 프리아모스의 왕비. 모든 고뇌와 비탄의 상징.
532행 지나친 출산 헤카베의 자식 수는 열일곱, 열아홉, 혹은 그 이상으로 일
정치 않다. (뉴케임브리지)

근데 만약 신들이 퓌로스가 자기 칼로

남편 사지 짓궂게 저미며 장난하고 있는 걸

그녀가 본 바로 그때 그녀를 봤더라면

즉시 터진 그녀의 통곡은 그들이 인간사에

철저히 무심하지 않는 한 불타는 천체들은   540

첫 눈물을 흘리게끔 만들고 신들은

격정에 잠기게끔 했을 거요.'

폴로니우스   보십시오, 그의 얼굴색이 변하고 눈물이 흐

르지 않습니까. 제발 그만두게.

햄릿   잘했어. 곧 자네가 그 나머지를 읊게 하   545

지.—경께선 배우들이 숙소에 잘 들도록 살

펴 주시겠소? 알아들었어요? 그들이 잘 대

접받게 하란 말이오, 그들은 이 시대 연대기

의 축소판이니까. 죽은 뒤에 당신의 묘비명

이 나쁜 게 살아생전 배우들의 험담보다 나   550

을 거요.

폴로니우스   왕자님, 그들의 값어치에 따라 그들을 대접하

겠나이다.

햄릿   원 참, 이봐요, 훨씬 더 낫게 해야지. 모든 사

람을 각자의 값어치대로만 대접하면 태형을   555

피할 사람 있겠어요? 그들을 당신의 명예와

555행 태형   당시 인가받지 못한 배우들은 떠돌이 취급을 당했고 이런 벌을
받았다고 한다. (아든)

가치에 버금가게 대접하시오. 그들의 자격이 모자랄수록 당신의 선심은 더욱 값질 테니까. 안으로 데려가요.

폴로니우스 이보게들, 가시지. 560

햄릿 친구들, 그를 따라가게. 내일은 공연이 있을 거야. (배우 1에게) 옛 친구, 나 좀 보겠나? 자네들 「곤자고의 살인」을 공연할 수 있겠어?

배우 1 예, 왕자님.

햄릿 내일 밤에 해 주게. 필요한 경우 한 열두어 565 줄에서 열여섯 줄쯤 외울 수 있겠나? 내가 써서 거기에 끼우려 하는데, 되겠어?

배우 1 예, 왕자님.

햄릿 아주 좋아. (배우들 모두에게) 저 영감을 따라 가게, 근데 그를 조롱하진 말고. 570

　　　　　　　　(폴로니우스와 배우들 함께 퇴장)

(로젠크랜츠와 길든스턴에게) 이보게 친구들, 난 저녁때까지 자네들과 헤어지겠네. 엘시노어에 잘 왔어.

로젠크랜츠 왕자님.　　　　(로젠크랜츠와 길든스턴 퇴장)

햄릿 음, 자네들도 잘 가게. 이젠 나 혼자구나. 575 아, 난 얼마나 못돼 먹고 천박한 놈인가!

565~566행 열두어…줄쯤 극중극에서 이 부분을 찾아내는 일은 유명하나 풀 수 없는 문제다. (뉴케임브리지)

여기 이 배우는 오로지 이야기 속에서
비탄이란 꿈속에서, 상상을 마음속에
강제로 일으켜 얼굴은 온통 햏쑥해지고
눈물이 글썽하며 시선은 산란하고   580
목소리가 끊기며 온몸의 기능을 맘대로
행동에 맞추다니 이 아니 섬뜩한가?
게다가 이 모든 게 헛것 때문이라니!
헤카베 때문에!
그에게 헤카베, 헤카베가 그에게 뭣인데   585
그 여자 때문에 울어야지? 그가 만일
내가 가진 격정의 동기와 계기를 가졌다면
어떻게 했을까? 그는 곧 무대를 눈물로 채우고
끔찍한 대사로 모든 귀를 다 찢어 놓으며
죄인은 미치게 무죄인은 오싹하게 만들고   590
무식꾼을 교란하며 눈과 귀의 기능을 실제로
대혼란에 빠뜨렸을 것이다. 근데 난
무디고 멍청한 놈으로 맥 빠진 녀석처럼
기운 잃고 풀 죽어 내 명분엔 무심한 채
아무 말도 못 한다.─그렇지, 재산과   595
가장 귀한 생명이 괘씸하게 파멸당한
그런 왕을 위해서도. 난 비겁한 놈인가?
누가 날 악한이라 부르며 머리를 깨 놓고
수염 뽑아 내 얼굴에 훅 불어 날리며
내 코를 비틀고 피보다 더 새빨간   600

거짓말을 한다고 욕하는가?—누가 그래?
하!
제기랄, 난 그걸 참아야 해. 간도 없고
탄압을 쓰게 느낄 쓸개까지 빠진 놈이
틀림없기 때문이다. 아니라면 오래전에   605
이 쌍놈의 창자로 온 하늘의 솔개들을
살찌워야 했었다. 잔인하고 음탕한 놈!
잔혹하고 배신하며 호색하고 비정한 악당 놈!
아니, 이 무슨 못난인가! 참으로 장하구나,
내가, 소중한 아버지가 살해당한 그 아들이   610
천국과 지옥의 복수 재촉받고서도
창녀처럼 내 가슴을 말로만 비우고
매춘부나 다름없이, 남창처럼 악담을
퍼부어야 하다니! 아, 역겹다, 퉤!
머리를 좀 써 봐. 흠—내가 들은 바로는   615
죄지은 인간들이 연극을 관람할 때
그 장면이 너무나 교묘하게 연출되어
영혼 깊은 곳까지 감동을 받은 결과
그들의 죄상을 곧바로 공표한다 했었다.
왜냐하면 살인은 비록 혀는 없지만   620
기적 같은 수단으로 말을 할 테니까.

611행 천국과 지옥 여기에서 햄릿은 자신의 복수에 선과 악이 모두 관련되어
있음을 인식하고 있다. 이런 인식은 1막 4장 40~42행에서도 보인다.

이 배우들에게 부친 살해 비슷한 연극을
삼촌 놓고 시켜야지. 그자의 표정을 살피고
아픈 데를 찔러 봐서 그가 만약 움찔하면
내 할 일은 알고 있다. 내가 본 혼령은   625
악만지도 모른다. 또 악마는 제 모습을
보기 좋게 위장할 힘이 있어. 맞아, 또
허약한 내 상태와 우울증을 빌미 삼아—
심기가 그럴 땐 그놈이 큰 힘을 쓰니까—
나를 속여 파멸시킬 수도 있다. 보다 더   630
결정적인 증거를 잡으리라. 이 연극이
왕의 양심 사로잡을 바로 그런 수단이다.

(퇴장)

3막 1장

왕, 왕비, 폴로니우스, 오필리어, 로젠크랜츠,

길든스턴 등장.

왕   또 대화를 하는 중에 그가 왜 이 같은
        착란증을 보이면서 조용한 나날을
        난폭하고 위험한 광증으로 격심하게
        삐걱대며 보내는지 알아낼 순 없었나?

3막 1장 장소 엘시노어 왕성.

로젠크랜츠	실성한 걸 본인도 느낀다고 실토하나
	그 까닭은 절대로 말하지 않습니다.
길든스턴	그리고 저희가 본인의 진정한 상태를
	고백도록 유도했을 때에는 속마음을
	선뜻 열지 않으려 하면서 교묘한 광기로
	거리를 지킵니다.
왕비	자네들을 잘 맞아 주던가?
로젠크랜츠	최고로 신사답게.
길든스턴	그러나 억지로 기분을 맞추면서.
로젠크랜츠	질문은 뜸했으나 저희들의 요구엔
	최대한 선선히 대답했습니다.
왕비	그가 무슨
	오락에 끌리는지 떠봤는가?
로젠크랜츠	마마, 저희들이 오던 길에 우연히
	배우들을 앞질렀습니다. 이 사실을
	그에게 말했는데 듣고 나서 기쁨을 좀
	느끼는 듯했습니다. 그들은 궁정에 와 있고
	제 생각에 오늘 저녁 그를 위한 공연을
	이미 지시받았습니다.
폴로니우스	그건 정말 사실이며
	두 마마의 관람을 간청해 달라고
	제게 부탁했습니다.
왕	기꺼이 하겠소. 또 그의 의향이 그렇다니
	나로서는 크게 만족스럽소.

5

10

15

20

25

	자네들 두 신사는 그를 더욱 자극하여	
	그가 이런 오락을 목표 삼게 만들게.	
로젠크랜츠	예, 전하. (로젠크랜츠와 길든스턴 퇴장)	
왕	여보 거트루드, 당신도 나가 주오.	
	우리가 햄릿을 은밀히 이리 불러	
	오필리어를 여기서 우연히 마주치게	30
	해 놓았기 때문이오.	
	합법적인 염탐꾼인 걔 아비와 나 자신은	
	우리 몸을 감추고 보이지 않은 채 보면서	
	두 사람의 대면을 자유로이 판단하고	
	그가 하는 행동으로 그가 앓고 있는 게	35
	사랑으로 말미암은 고통인지 아닌지	
	알아내려 한다오.	
왕비	당신 뜻을 따르지요.	
	그리고 오필리어, 나는 네 미모가	
	햄릿이 정신 나간 다행스러운 이유이길	
	바라 마지않는다. 그래서 네 미덕이 그 애를	40
	익숙했던 자기 길로 돌려놓기 바란다,	
	둘 다 명예롭게.	
오필리어	마마, 그리되길 바랍니다.	
	(왕비 퇴장)	
폴로니우스	오필리어, 여기를 거닐어라.─전하, 죄송하나	
	같이 몸을 숨기시죠.─이 책을 읽으렴.	
	그렇게 예배하는 모습이면 홀로 있는	45

구실이 될 게야.—대개는 우리들 책임이고
너무 잘 입증된 바이지만 경건한 외모와
종교적인 행동으로 우리는 악마조차
달콤하게 만든단다.

왕   (방백) 아, 너무나 정확하다.
저 말은 내 양심에 얼마나 뼈아픈 채찍인가!   50
처바르는 기술로 고와진 창녀 뺨을
화장품에 비해 봐도 화려하기 짝이 없는
내 말에 비한 내 행위보단 덜 추하다.
오, 마음이 무겁구나!

폴로니우스   그가 오는 소립니다. 물러나시지요, 전하.   55

                              (왕과 폴로니우스 퇴장)

                    햄릿 등장.

햄릿   존재할 것이냐, 말 것이냐, 그것이 문제다.
어느 게 더 고귀한가? 난폭한 운명의
돌팔매와 화살을 맘속으로 맞는 건가
아니면 무기 들고 고난의 바다와 맞서다가
끝장을 보는 건가? 죽는 건 자는 것   60

50행저‥채찍인가 이전도 아니고 이후도 아닌 바로 이 시점에서 셰익스피어
는 관객들에게 클라우디우스의 죄와 유령이 한 말의 신빙성을 확인시킨다.
(뉴케임브리지)

그뿐인데, 잠 한 번에 육신이 물려받은
마음의 고통과 수천 가지 타고난 갈등이
끝난다 말하면 그건 바로 경건히 바라야 할
결말이다. 죽는 건 자는 것, 자는 건
꿈꾸는 것일지도—아, 그게 걸림돌이다.   65
왜냐하면 이 죽음의 잠 속에서 무슨 꿈이
뒤엉킨 인생사를 다 떨쳐 버렸을 때
우리를 찾아올지 생각하면 망설일 수밖에—
그래서 불행의 생명은 끝없이 이어진다.
왜냐하면 그 누가 이 세상의 채찍질과 비웃음   70
압제자의 잘못과 잘난 자의 오만불손
짝사랑의 쓰라림과 법률의 늑장과
관리들의 무례함과 대접받을 양반들이

56행 존재할…것이냐 지금까지의 거의 모든 역자가 '사느냐 죽느냐'로 옮겼
다.(최재서의 '살아 부지할 것인가, 죽어 없어질 것인가'와 이덕수의 '과연 인
생이란 살 가치가 있느냐 없느냐', 강우영의 '삶이냐, 죽음이냐'는 예외이다.)
그런데 원문의 To be, or not to be는 '사느냐 죽느냐'를 포함하는 존재와 비
존재를 대립시키고 있기 때문에, 또 이 독백이 살고 죽는 문제를 처음부터
단도직입적으로 명시하고 시작하는 것이 아니라 아주 쉽고 모호하며 지극
히 함축적인 일반론으로 시작하기 때문에 그것을 생사의 직설적인 선택으
로 옮김은 미흡하다고 생각된다. 따라서 원문의 뜻에 가장 적합한 순수 우
리말은 '있다'와 '없다'의 적당한 변형이 될 것이고, 필자는 앞선 번역에서 이
부분을 '있음이냐, 없음이냐'로 옮겼다. 그러나 있음과 없음에 아직 역사적,
철학적, 언어학적 무게가 충분히 실리지 않아 역자의 의도가 잘 전달되지
못했다고 판단하여 이번에는 원문의 뜻에 가장 가까운 '존재'라는 한자어를
쓰는 번역으로 바꾸었다.

하찮은 자들에게 당하는 발길질을 견딜까?
짧은 칼 한 자루면 자신의 모든 빚을   75
청산할 수 있는데? 그 누가 짐을 지고
지겨운 한세상을 투덜대며 땀 흘릴까?
그 어떤 나그네도 국경에서 못 돌아온
미지의 나라인 죽음 후의 무언가가
두렵지 않다면? 그래서 의지가 흐려지고   80
모르는 재난으로 달려가기보다는
이미 아는 재난을 견디는 게 아니라면?
결국은 양심이 우리를 다 겁쟁이로 만들고
그에 따라 붉은빛 영롱하던 결심은
창백한 생각으로 병들어 버리며   85
천하의 거창하고 웅대한 계획들도
이 점을 고려할 때 그 흐름이 바뀌면서
실천될 가망성이 없어진다.―가만 있자,
아름다운 오필리어. 요정이여, 기도할 때
내 죄를 다 기억해 주오.

오필리어   왕자님,   90
지난 여러 날 동안 어떻게 지내셨는지요?

햄릿   겸허히 고맙소. 잘 지냈소.

83행양심 선과 악, 옳고 그름을 판단할 수 있는 능력. 원문(conscience)은 양
심뿐만 아니라 '분별력, 생각, 의식'의 뜻도 가지고 있으며 그렇게 해석하는
비평가나 편집자, 역자 들도 많다.

오필리어　왕자님, 오랫동안 되돌려 드리고 싶었던
　　　　　정표들이 있습니다. 자 이제 그것들을
　　　　　되받아 주십시오.

햄릿　　　　　　　　　　아니 난 안 받겠소.　　　　95
　　　　아무것도 준 적이 없소이다.

오필리어　왕자님, 주신 줄 너무 잘 아십니다.
　　　　　그것들을 더 값져 보이게 만들었던
　　　　　달콤한 말씀과 함께요. 그 향기 잃었으니
　　　　　되가져가세요. 고결한 마음엔 값비싼 선물도　100
　　　　　준 사람이 불친절해지면 초라해지니까요.
　　　　　여기요, 왕자님.

햄릿　　　하, 하! 당신은 순결하오?

오필리어　왕자님?

햄릿　　　당신은 아름답소?　　　　　　　　　105

오필리어　무슨 뜻인지요, 왕자님?

햄릿　　　당신이 순결하고 아름답다면 당신의 순결은
　　　　　당신의 아름다움에게 어떤 대화도 허락하지
　　　　　말아야 하오.

오필리어　왕자님, 아름다움에게 순결과의 교제보다 더　110
　　　　　나은 게 있다는 말입니까?

햄릿　　　예, 진짜로. 왜냐하면 아름다움의 힘으로 순
　　　　　결을 뚜쟁이로 변신시키는 게 순결의 능력으

107~108행 순결…아름다움　둘 다 의인화된 개념이다.

로 아름다움을 자기와 비슷한 것으로 바꿔 놓는 것보다 더 빠르니까. 이게 전에는 궤변 115 이었으나 지금은 시대가 입증하는 사실이오. 난 한때 당신을 사랑했소.

오필리어   정말로 왕자님, 제가 그리 믿게 하셨어요.

햄릿   날 믿지 말았어야 했소. 우리의 본바탕에 미 덕을 아무리 접목시켜 보았자 우리는 본색을 120 드러낼 테니까. 난 당신을 사랑하지 않았소.

오필리어   전 더더욱 속았군요.

햄릿   수녀원으로 가. 아니, 당신은 죄인들을 낳고 싶어? 나 자신은 그런대로 깨끗해. 그럼에도 내겐 어머니가 날 낳지 않았으면 좋았겠다 125 싶은 것들이 있다고 자신을 고발할 수 있어. 난 아주 오만하고 복수심에 불타며 야심만 만하고, 내 손짓을 기다리는 범죄들은 그것 들을 표현할 생각이나 구체화할 상상이나 행 동에 옮길 시간보다 더 많아. 나 같은 녀석들 130 이 뭣 하러 하늘과 땅 사이에 기어 다니지? 우린 모두 더할 나위 없는 악당들이니 아무 도 믿지 마. 수녀원 길로 가. 당신 아버진 어 딨어?

오필리어   집에요, 왕자님. 135

120행본색 덕을 접목시킨 아래 부분에 남아 있는 악한 본성.

햄릿	문을 모조리 닫아걸어. 그가 자기 집을 빼놓
	고는 아무데서도 바보짓을 못 하도록. 잘 가.
오필리어	오, 자비로운 하늘이시어, 이분을 도우소서.
햄릿	당신이 결혼을 하겠다면 다음과 같은 저주를
	지참금으로 주지. 당신이 얼음처럼 순결하고 140
	눈처럼 순수해도 비방을 면치는 못할 거야.
	수녀원으로 가, 잘 가. 그래도 결혼을 해야겠
	으면 바보와 하라고. 현명한 사람들은 여자들
	이 뒷구멍으로 뭔 짓을 하는지 너무 잘 아니
	까. 수녀원으로, 가—그것도 빨리. 잘 가. 145
오필리어	천사들은 이분을 회복시켜 주소서.
햄릿	당신네들의 화장에 대해서도 충분히 들었어.
	신은 당신들에게 하나의 얼굴을 주셨는데 당
	신들은 그걸로 딴 얼굴을 만들지. 종종걸음
	과 팔자걸음을 걷고 혀짤배기소리 내며 신의 150
	피조물에게 별명을 붙이고, 음탕함을 무식으
	로 변명하지. 제기랄, 그 얘긴 관둬야지. 내가
	그 때문에 미쳤어. 앞으로 결혼은 절대 없을
	것이다. 이미 결혼한 사람들은—하나만 빼놓
	고는 모두—살려 줄 것이며 그 나머진 지금 155
	상태로 둘 것이다. 수녀원으로, 가. (퇴장)
오필리어	아, 이 얼마나 고귀한 정신이 파괴됐나!

154행 하나 한 사람, 즉 클라우디우스.

궁정인, 군인과 학자의 눈과 혀와 칼이고
아름다운 이 나라의 희망이고 꽃이며
예절의 거울이고 행동의 표본이며   160
세상 모든 존경의 귀감이 철저히 무너졌다!
그리고 나, 최고로 낙심하고 비참한 숙녀는
이분의 음악 같은 맹세의 꿀 빨았는데
이제는 그의 최고 군주인 고귀한 이성의
곱디고운 종소리가 깨지고 거칠어진 것을,   165
활짝 핀 청춘의 비할 데 없었던 모습이
광기로 시든 것을 보는구나. 아, 내 신세,
볼만한 걸 보고 나서 못 볼 것을 보다니.

　　　　　　왕과 폴로니우스 등장.

왕　사랑? 그의 맘은 그런 데 있지 않소.
　　　했던 말도 격식이 좀 모자라긴 하지만   170
　　　광기 같진 않았고. 그의 영혼 속에는
　　　우울증이 무언가를 품고 앉아 있으며
　　　그것이 알을 깨고 나오면 상당히
　　　위험할 것 같으니 그런 일을 막기 위해
　　　급하게 결정했소. 속히 그를 영국으로   175

─────────

158행 눈, 혀, 칼　궁정인의 눈, 군인의 칼, 학자의 혀가 제 짝이지만 원문에서
혀와 칼의 순서가 바뀌어 있고 번역도 이를 따랐다.

게을리한 조공을 요구하러 보내겠소.
아마도 바다와 여러 곳의 다양한 풍경들이
가슴속에 맺힌 것을 쫓아내지 않겠소,
그 때문에 끊임없이 신경 쓰며 저렇게
정상적인 행동을 못 하게 만드는   180
그 무엇을 말이오. 어떻게 생각하오?

폴로니우스 성공할 것입니다. 하지만 전 아직도
이 비탄의 근원과 출발점은 무시당한
사랑이라 믿습니다. 괜찮으냐, 오필리어?
왕자님이 한 말을 우리에게 할 필요는 없단다.   185
우린 다 들었다. 전하, 뜻대로 하십시오.
하지만 맞는다고 여기시면 연극이 끝난 뒤
그의 모친 왕비 홀로 그가 자기 고뇌를
터놓도록 간청하고 직설케 하십시오.
전 황송하게도 대화가 다 들리는 장소에   190
몸을 두겠습니다. 왕비께서 못 알아내시면
영국으로 보내거나 지혜롭게 생각하신
최적의 장소에 가두시죠.

왕   그리할 것이오.
고위층의 광기는 방관하면 아니 되오.

                              (함께 퇴장)

3막 2장

햄릿과 배우 셋 등장.

햄릿 그 대사를 부탁인데 내가 암송해 준 것처럼
혓바닥이 춤추듯 읊어 주게. 그렇게 하지 않
고 많은 배우들처럼 소리만 내지른다면 난 차
라리 읍내 포고꾼에게 내 대사를 맡기겠네.
또 손으로 이렇게, 허공을 너무 자주 가르지   5
도 말고 모든 걸 적당히 사용하라고. 왜냐하
면 격정의 급류, 폭풍 그리고 이를테면 소용
돌이 속에서도 자네는 그것을 매끄럽게 처리
할 수 있는 절제를 습득하고 표출해야만 하니
까. 오, 가발 쓴 난폭한 녀석이 입석 관객—그   10
대부분은 불가사의한 무언극과 소음밖에는
이해할 능력이 없는데—그자들의 고막이 터
지도록 격정을 넝마처럼 갈기갈기 찢는 걸

3막 2장 장소 엘시노어 왕성.

4행 포고꾼 통신 수단이 발달되기 전에 목소리로 공지 사항을 알리던 사람
을 말한다. 이들은 자연히 의미 전달보다는 소리를 멀리 보내는 데 신경을
더 쓰게 된다.

10행 입석 관객 셰익스피어 당시의 극장은 가운데가 뚫린 원형으로 무대는
관객 쪽으로 뻗어 나온 직사각형이었다. 거기에서 가장 값싼 자리는 무대
주변 삼면의 맨땅 위였다. 이곳은 지붕이 덮인 건물 안의 좌석과 달리 서서
구경하며 비바람에 노출되었기 때문에 주로 하층민들이 이용하였고 그들
을 이렇게 불렀다.

들으면 내 영혼까지 불쾌해. 그런 녀석은 거
친 터머건트 뺨친다는 이유로 채찍을 맞았으   15
면 좋겠어. 폭군 헤롯을 앞지르는 일이지. 그
건 제발 피하게.

배우 1 왕자님께 장담합니다.

햄릿 너무 맥 빠져서도 안 되니까 자신의 분별력
을 교사로 삼게나. 행위를 대사에, 대사를 행   20
위에 맞추게. 자연스러운 절도를 넘어서지
않겠다는 특별 사항을 지키면서. 왜냐하면
무슨 일이든 과도하면 연극의 목적에서 멀어
지는 법인데, 그 목표는 처음이나 지금이나
과거에나 현재에나, 말하자면 본성에 거울을   25
비춰 주는 격이야. 미덕은 그 특징을, 경멸은
그 꼴을, 그리고 바로 이 시절은 그 형체와
생김새를 정확하게 보여 주는 것이지. 그런데
이 일을 넘치거나 모자라게 한다면 식별력
이 없는 자들을 웃길지는 모르지만 안목 있   30
는 사람들을 비탄에 빠뜨릴 수밖에 없을 텐
데, 자네들은 후자의 평가를 극장 가득한 전

15행 터머건트 중세 영국에서 유행했던 종교극에 나오는 요란하고 격정적인
인물. (아든)
16행 헤롯 성경에 나오는 폭군으로 역시 종교극에서 격정적인 역할을 맡은
인물.

자의 평가보다 더 무겁게 받아들여야만 해.
오, 내가 어떤 배우들의 연극을 본 적이 있는
데—다른 사람들이 칭찬을 그것도 크게 하 35
는 걸 들었지만—불경스럽지 않게 말하자면
그들은 기독교인들의 말씨나 기독교인, 이방
인, 아니, 인간의 걸음걸이조차 보여 주지 못
하면서 어찌나 활개 치고 고함을 지르는지
난 조물주의 조수 몇 명이 사람을 빚다가 잘 40
못 빚었다고 생각했어. 그들은 인간을 너무
나 혐오스럽게 모방했어.

배우 1 저희들이 그 점을 웬만큼 바로잡았기를 바랍
니다.

햄릿 오, 전적으로 바로잡게. 그리고 광대 역 하는 45
배우들이 주어진 대사보다 더 많이 말하지
않도록 하게—왜냐하면 개중엔 얼마간의 우
둔한 관객들을 웃겨 볼 요량으로 자기네 스
스로 웃는 자들이 있기 때문이야. 그러는 사
이에 극에 필수적인 문제를 고려해야 하는데 50
도 말이지. 그건 한심한 일이고, 그런 걸 써먹
는 광대의 가장 딱한 야심을 보여 주는 셈이
지. 가서 준비를 갖추게.   (배우들 함께 퇴장)

폴로니우스, 로젠크랜츠, 길든스턴 등장.

어찌 됐습니까, 영감님? 왕께서 이 작품을

들어 보신답디까?   55

폴로니우스 왕비께서도요, 그리고 당장에요.

햄릿 배우들이 서두르게 해 주시오.

(폴로니우스 퇴장)

자네들도 서둘도록 돕겠나?

로젠크랜츠 예, 왕자님.   (두 사람 함께 퇴장)

햄릿 이보게, 호레이쇼!   60

호레이쇼 등장.

호레이쇼 소중하신 왕자님, 여기 대령했습니다.

햄릿 호레이쇼, 그대는 나의 대인 관계에서

내가 만난 최고로 원만한 사람이네.

호레이쇼 오, 왕자님.

햄릿 아니, 아첨이라 생각 말게.

먹고 입을 재산으로 훌륭한 기백밖에   65

가진 것 하나 없는 그대에게 내가 무슨

출세를 바라겠나? 거지에게 왜 아첨해?

아니지, 알랑거려 이득 있는 곳에서

사탕 바른 혓바닥은 맛없는 권력 핥고

재빨리 무릎을 굽히라지. 내 말 듣고 있는가?   70

소중한 내 영혼이 선택의 주체되고

인간들을 선별할 수 있게 된 이후로

난 그대를 내 영혼의 사람으로 확정했네.
왜냐하면 그대는 모든 해를 입으면서
아무 해도 입지 않고 운명의 시련과 보답을   75
꼭 같이 고마워했으니까. 혈기와 분별력이
완벽하게 조화되어 운명의 여신이
마음대로 연주하는 피리 아닌 사람들은
복받은 이들일세. 격정의 노예가
아닌 사람 알려 주게. 그럼 난 그 사람을   80
그대처럼 내 심중에, 암, 내 마음 한가운데
지니고 있겠네.―이거 너무 길어졌군.―
오늘 밤 왕 앞에서 연극이 있을 텐데
그 가운데 한 장면이 그대에게 내가 말한
부친 사망 경위와 비슷해. 부탁인데   85
그 행위가 펼쳐질 때 다름 아닌 그대의
영혼과 더불어 심사숙고하면서
삼촌을 지켜보게. 한 번의 대사로
숨어 있던 그의 죄가 드러나지 않는다면
우리가 본 유령은 저주받은 놈이었고   90
내 상상은 불카누스의 대장간만큼이나
더럽고 때 묻었어. 유심히 그를 살펴 주게나.

88행 한⋯대사 햄릿이 「곤자고의 살인」에 끼워 넣은 '열 두어 줄에서 열여섯
줄'짜리 대사(2.2.565-566)를 말한다.
91행 불카누스 로마 신화에서 불과 대장간의 신.

나도 그의 얼굴에 두 눈을 못 박고
나중에 그의 기색 평가할 때 우리의 판단을
합쳐 볼 테니까.

호레이쇼   좋습니다, 왕자님.   95
공연 중에 그가 뭘 훔쳤는데 안 들키면
그에 대한 대가는 이 몸이 치르지요.

나팔수와 고수 등장,
요란한 음악을 연주한다.

햄릿   극을 보러 오는구먼. 난 바보가 돼야 해.
자네는 자릴 잡아.

왕, 왕비, 폴로니우스, 오필리어, 로젠크랜츠, 길든스턴,
그리고 다른 신하들과 시종들이
횃불 든 왕의 근위병과 함께 등장.

왕   짐의 조카 햄릿은 어떻게 지내는가?   100
햄릿   아주 잘 지내죠, 카멜레온 요리가 있어서.
전 약속 꽉 찬 공기를 먹는답니다. 식용 수
탉도 그렇게는 못 먹이죠.

101행 카멜레온 카멜레온이 공기를 먹고 산다는 생각은 옛적부터 있었다.
(아든)

왕	무슨 뜻인지 모를 대답이구나, 햄릿. 그 말은	
	나와 상관없구나.	115
햄릿	예, 이젠 저와도 상관없답니다. ─(폴로니우스	
	에게) 아, 경께선 한때 대학에서 공연을 하셨	
	다지요?	
폴로니우스	했지요, 왕자님. 훌륭한 배우로 손꼽혔답니다.	
햄릿	무슨 역을 하셨소?	120
폴로니우스	줄리어스 시저 역을 했지요. 카피톨에서 죽	
	임을 당했답니다. 브루투스가 절 죽였어요.	
햄릿	이렇게 싱싱한 송아지를 거기서 죽이다니 브	
	루투스에겐 불어 터진 역이었군. 배우들은	
	준비됐나?	125
로젠크랜츠	예. 왕자님의 허락을 기다리고 있습니다.	
왕비	이리 오너라, 햄릿. 내 곁에 앉아라.	
햄릿	아뇨, 어머니. 여기에 더 끌리는 금속이 있어서.	
	(오필리어 쪽으로 몸을 돌린다.)	
폴로니우스	(왕에게 방백) 아하, 저 말 들으셨습니까?	
햄릿	(오필리어 발 앞에 누우며) 아가씨, 무릎 사이로	130
	들어가도 될까요?	

116행 이젠…상관없답니다 이미 내뱉은 말은 자기 것이 아니므로.
121~122행 줄리어스…죽였어요 이 부분을 두고 많은 비평가들은 『줄리어스
시저』에서 시저와 브루투스 역을 맡았던 배우들이 이제 폴로니우스와 햄릿
역을 맡게 되었음을 알 수 있다고 말한다. 따라서 햄릿은 앞서 죽인 시저를
이제는 폴로니우스로 다시 죽이는 역할을 하게 될 판이다.

오필리어	아뇨, 왕자님.
햄릿	무릎 위에 머리를 얹겠다는 말인데.
오필리어	예, 왕자님.
햄릿	내가 무슨 흑심을 품었다고 생각했소? 135
오필리어	별생각 안 했어요, 왕자님.
햄릿	처녀 다리 가운데로 들어간다는 건 즐거운 생각이오.
오필리어	어째서요, 왕자님?
햄릿	빈집이니까. 140
오필리어	왕자님은 명랑하세요.
햄릿	누가, 내가?
오필리어	예, 왕자님.
햄릿	오 하느님, 당신의 최고급 농담가랍니다. 사람이 명랑밖에 할 일이 뭐가 있단 말이오? 145 왜냐하면 내 어머니를 봐요, 얼마나 명랑해 보이는지, 아버지 돌아가신 지 두 시간 만에.
오필리어	아뇨, 두 달의 두 배나 됐는데요, 왕자님.
햄릿	그렇게 오래됐나? 그렇다면 검은 상복은 악마나 입으라지, 난 값비싼 담비 털 옷 입을 150 테니. 맙소사, 두 달 전에 가셨는데 아직도 잊히지 않다니! 그럼 위인의 기억이 죽은 뒤 반 년 이상 살아남을 희망이 있겠군. 하지만 그는 맹세코 교회를 여러 채 지어야 할 거요. 안 그러면 춤추는 목마와 함께 망각될 테니 155

까, 왜냐하면 그것의 묘비명은 '오, 오, 목마
는 잊혔다.'이니까.

나팔 소리. 무언극이 뒤따른다.

왕과 왕비, 왕비가 왕을, 왕이 왕비를 포옹한다.
그녀가 무릎 꿇고 그에게 맹세하는 모습을 보인다.
왕은 그녀를 일으키고 머리를 숙여 그녀 목에 갖다 댄다.
왕은 꽃 언덕 위에 몸을 뉘고 왕비는 그가 잠든 것을 보고
떠난다. 곧 다른 남자가 들어와 그의 왕관을 벗기고 거기에
키스하고 자는 사람의 귀에 독을 부은 다음 자리를 뜬다.
왕비가 돌아와 왕이 죽은 것을 알고 격렬한 몸짓을 보인다.
독살자가 서너 명을 데리고 다시 들어오고 그녀를 위로하는
것처럼 보인다. 시체가 옮겨지고 독살자는 왕비에게 선물로
구애한다. 그녀는 한동안 차갑게 구는 것 같으나
결국에는 그의 사랑을 받아들인다. (함께 퇴장)

155행 춤추는 목마 모리스 춤이나 오월제에 전통적으로 등장하는 동물(인물)
로 이유는 정확히 알 수 없지만 망각된 사물의 전형이 되었다. (아든)
157행 무대 지시문, 무언극 클라우디우스는 이 무언극에 왜 아무런 반응을 보
이지 않을까? 비평가들은 그가 무언극을 보고 있지 않다거나 유령이 말해
준 독살 방법이 꾸며 낸 거짓이란 이유를 들어 그의 침묵을 해명하고 있다.
그러나 클라우디우스가 무덤덤하게 보이면 그런 태도가 햄릿, 호레이쇼, 그
리고 관객들에게는 하나의 수수께끼를 제공해 준다는 점에서 대단히 효과
적일 것이다. (뉴케임브리지)

오필리어	이게 무슨 뜻이죠, 왕자님?
햄릿	글쎄, 이건 '미칭 말리코'라고 하는데 은밀한
	악행이란 뜻이오.

160

오필리어	이 무언극이 연극의 줄거리를 전달하나 봅니다.

서두 역 등장.

햄릿	이 친구를 통하여 알게 될 거요. 배우들은
	비밀을 못 지키죠. 다 말할 겁니다.
오필리어	이 무언극이 무슨 뜻인지도 말할까요?
햄릿	그럼요. 당신이 거시기든 머시기든 보여 주

165

	는 대로죠. 당신이 부끄럼 없이 거시기를 보
	여 주면 그도 부끄럼 없이 거시기가 머시긴
	지 말해 줄 거요.
오필리어	나쁜 분이셔요, 나쁜 분. 전 연극을 지켜보겠
	어요.

170

서두 역	'저희들과 저희들의 비극 위해
	여러분의 자비심에 이 몸 굽혀
	너그러이 봐 주시길 청합니다.' (퇴장)
햄릿	이게 서두 대사인가, 아니면 반지 문구인가?
오필리어	짧은데요, 왕자님.

175

햄릿	여인의 사랑처럼.

174행 반지 문구 반지의 안쪽에 새겨 넣는 짧은 글.

배우 왕과 왕비 등장.

배우 왕   '태양 신의 불마차가 삼십 년을 채우면서
바다 신의 소금물과 대지 신을 돌았으며
열두 달씩 삼십 년을 빛을 빌린 달님 또한
열두 번씩 서른 번을 이 세상을 비췄다오.   180
사랑 신이 두 마음을, 결혼 신이 우리 손을
신성하신 인연으로 서로 맺어 주신 이래.'

배우 왕비   '사랑이 다 지기 전에 우리들이 같은 수로
해와 달의 운행을 다시 세게 해 주소서.
그렇지만 슬픈 것은 요즈음에 당신께서   185
너무나도 편찮아서 평소와는 딴판이니
걱정이오. 그렇지만 제가 걱정하더라도
전하께서 그 때문에 불편해선 안 됩니다.
여자들의 두려움은 사랑과는 비례하니
양쪽 모두 비었거나 극단으로 치닫지요.   190
제 사랑이 어떤지는 증명으로 아실 테니
제 사랑이 큰 만큼 두려움도 크옵니다.
티끌만 한 의심에도 큰 사랑은 근심하고
작은 근심 자란 곳에 큰 사랑이 자랍니다.'

배우 왕   '여보 진정 내 그대를 곧 떠나야 하게 됐소.   195
내 온몸의 기능들이 그 역할을 멈추었소.
근데 그댄 아름다운 이 세상에 살아남아
존경받고 사랑받고 또 혹시나 부드러운

어떤 이를 남편으로—'

배우 왕비   '오, 그 나머진

말 마소서.

그런 사랑 제 가슴엔 반역임에 틀림없소.   200

둘째 남편 얻는다면 저주받게 해 주소서.

첫째 남편 안 죽이곤 둘째 결혼 못 한다오.'

햄릿   (방백) 저건 쓴 쑥이야.

배우 왕비 '두 번째로 결혼하는 사람들의 동기라면

이기적인 타산이지 절대 사랑 아닙니다.   205

침대 속의 둘째 남편 이 몸에게 키스하면

제 남편을 두 번째로 또 죽이는 셈입니다.'

배우 왕 '당신 말과 당신 생각 꼭 같다고 믿지마는

우리들이 작심한 걸 우린 자주 깨뜨리오.

결심이란 기껏해야 기억력의 노예일 뿐   210

태어날 땐 맹렬하나 그 힘이란 미약하오.

그 열매가 시퍼럴 땐 나무 위에 달렸지만

익게 되면 그냥 둬도 떨어지는 법이라오.

우리들이 자신에게 빚진 것을 잊어버려

못 갚는 건 정말이지 피할 수가 없답니다.   215

격정 속에 우리들이 자신에게 제안한 건

그 격정이 사라지면 결심조차 없어지오.

슬픔이나 기쁨이나 격렬하면 행동으로

214행 자신에게…것 우리의 결심.

옮겨지는 과정에서 그 자체가 소멸되오.
기쁜 마음 광분하면 슬픈 마음 통탄하고   220
별것 아닌 사건으로 슬픔 기쁨 엇갈리오.
이 세상은 영원하지 아니하며 사랑조차
운에 따라 바뀌는 건 이상할 것 하나 없소.
왜냐하면 운과 사랑, 어느 것이 먼저인지
아직까지 안 밝혀진 의문이기 때문이오.   225
높은 사람 떨어지면 측근 도망 눈에 띄고
가난한 자 벼슬하면 적들조차 친구 되오.
그렇다면 지금까진 사랑이 운 따라 줬소.
왜냐하면 필요한 게 없는 자는 친구 부족
절대 없고, 모자람이 있는 자가 속빈 친구   230
시험하면 그와 바로 원수지기 때문이오.
그렇지만 순서대로 시작에서 끝을 내면
의도한 건 운명과는 정반대로 가는지라
우리들이 계획한 건 끊임없이 뒤집히오.
우리 생각 우리 거나 그 결과는 아니라오.   235
그리하여 둘째 남편 안 맞는다 생각하나
첫째 주인 죽었을 때 그 생각도 죽을 거요.'

배우 왕비 '땅은 내게 먹을 것을, 저 하늘은 빛 안 주고
밤낮으로 오락 휴식 나에게서 끊어지며
나의 신뢰 나의 희망, 절망으로 뒤바뀌고   240
갇혀 있는 은자 생활, 내 목적이 되게 하며
내가 그게 잘됐으면 하는 일은 그 반대로

기쁜 얼굴 구겨 놓는 상극 만나 엉망 되고
끊임없는 갈등이여, 이승 저승 날 쫓으소,
과부되어 내가 만약 남의 아내 된다면.'   245

햄릿   이제 그 약속을 깨기만 해 봐라.

배우 왕   '이건 깊은 맹세였소. 난 잠시만 예 있겠소.
내 기력이 쇠진하여 한잠으로 지루한 낮
쫓아 보고 싶소이다.'

배우 왕비   '당신 머리 잠이 들고
우리 사이 불행일랑 찾아오지 절대 마소.'   250

(퇴장. 그는 잔다.)

햄릿   마마, 극이 맘에 드시는지요?

왕비   내 생각엔 왕비의 맹세가 너무 과하구나.

햄릿   아, 하지만 약속을 지킬 겁니다.

왕   줄거리를 들어 봤느냐? 무슨 악의는 없더냐?

햄릿   예, 예. 농담일 뿐입니다—농담 속의 독이랄   255
까. 악행은 절대 없습니다.

왕   극의 제목은 무엇이냐?

햄릿   '쥐덫'이요.—거참, 기막힌 비유지요! 이 극은
비엔나에서 있었던 살인을 본뜬 건데—공작
의 이름은 곤자고, 부인은 밥티스타로—곧   260
아시게 될 겁니다. 악랄한 작품이지만 그게
어쨌단 말입니까? 그것이 전하와 죄 없는 영
혼을 가진 저희를 건드리진 못합니다. 찔리는
게 있는 놈이 움츠리지 우린 떳떳합니다.

루시아누스 등장.

	이건 루시아누스란 자로 왕의 조카입니다.	265
오필리어	해설가와 다름없으시군요, 왕자님.	
햄릿	난 당신과 당신 애인 사이를 설명할 수 있다	
	오, 두 인형의 농탕질을 볼 수만 있다면.	
오필리어	날카롭습니다, 왕자님, 날카로워요.	
햄릿	날 선 내 욕망을 채워 주려면 신음 한번 해	270
	야 할 거요.	
오필리어	더 좋은데 더 나빠요.	
햄릿	그래서 당신들은 좋은 남편 맞이해 놓고 나	
	쁜 짓 하지. 시작해라 살인자야, 그 저주받을	
	낯짝은 집어치우고 시작해. 자, 깍깍대는 까	275
	마귀가 복수하라 울고 있다.	
루시아누스	'검은 마음, 능숙한 손, 맞는 독약, 적절한 때,	
	시간까지 공모하고 보는 사람 달리 없다.	
	한밤중에 거둬들인 독초 삶은 극약이여,	

265행 이건…조카입니다 우리는 곤자고의 살인자가 그의 동생일 것이라고 기대하였다. 그러나 햄릿은 루시아누스를 곤자고의 조카라고 소개한다. 이렇게 한 인물에게 두 역할을 중첩시킴으로써 햄릿은 클라우디우스의 형제 살인과 자신의 복수를 결합시키고 있다. (아든, 뉴케임브리지)
270행 신음 여자가 처녀성을 잃을 때 내는 소리.
272행 더…나빠요 햄릿이 자신과의 대화를 음담패설 쪽으로 더 발전시키는 것은 '좋다.'고 할 수 있지만 그 뜻은 점점 더 듣기 '나쁘다.'는 말.

	헤카테의 마법 저주 삼세번 받았으니	280
	원래의 마력과 유독한 성분으로	
	건강한 생명을 당장에 빼앗아라.'	

(자는 사람의 귀에 독을 붓는다.)

햄릿	놈은 그의 지위를 노리고 정원에서 그를 독
	살하죠. 놈의 이름은 곤자고인데, 이건 실화
	이며 아주 고상한 이탈리아말로 쓰였죠. 저 285
	살인자가 어떻게 곤자고 부인의 사랑을 얻는
	지 곧 보실 겁니다.

오필리어	국왕께서 일어나셔요.
햄릿	뭐야, 공포탄에 겁먹었나?
왕비	전하, 괜찮으세요?
폴로니우스	연극을 중단하라.
왕	햇불을 가져오라. 가자.
폴로니우스	불, 불, 햇불.

왕비 전하, 괜찮으세요? 290

(햄릿과 호레이쇼만 남고 함께 퇴장)

햄릿	'그래 그럼, 총 맞은 사슴은 울어라,
	안 다친 수사슴은 놀 테니까.
	누구는 깨 있고 누구는 자면서
	세상은 그리 돌아가니까.'
	이보게, 나머지 내 운세가 더럽게 풀린다면

누구는 깨 있고 누구는 자면서 295

280행 헤카테 마법을 관장하는 여신. 따라서 마술의 힘과 모든 위해를 가져
오는 존재로 간주되었다. (아든)

이번 일과 깃털 한 뭉치와 줄무늬 구두 위에
프로방스 장미꽃만 달면 배우들의 극단에서　300
주주 자리 하나를 차지할 수 있잖을까?

호레이쇼　절반이요.

햄릿　통째로 한 자리야, 암.
'왜냐하면 그대는 알리라, 오 다몬,
허물어진 이 세상도 한때는　305
조브 것이었는데 지금은 여기를
한 마리—참새가 다스림을.'

호레이쇼　좀 더 큰 새로 바꾸시지요.

햄릿　이보게 호레이쇼, 난 유령의 말을 만금을 주
고라도 사들이겠네. 알아차렸지?　310

호레이쇼　아주 확실히요, 왕자님.

햄릿　독살을 얘기했을 때였지?

호레이쇼　제가 아주 유심히 봤습니다.

햄릿　아하! 자, 음악을 연주하라. 자, 피리꾼들 불

300행프로방스　지중해에 면한 프랑스 남동부 지방.
301행주주…하나　셰익스피어 당시에는 극장의 재산을 공동으로 소유하고
이익을 나누어 가지는 '한 자리' 급의 주주 배우들과 그들에게 고용된 배
우들이 구분되어 있었으며, 때로는 '반 자리'만큼의 주식을 팔기도 하였다.
(아든)
304행다몬　전원시에 등장하는 목동의 이름. (아든)
306행조브　주피터라고도 불리는 로마 신계의 주신. 그리스 신화의 제우스
에 해당한다. 다음 행의 참새는 클라우디우스를 의미하고 그와 대비되는 선
왕 햄릿이 조브이다.

러라.   315

'왜냐하면 왕께서 희극이 싫으시면

그렇지, 정말로 싫으신 모양이지.'

자, 음악을 연주하라.

로젠크랜츠와 길든스턴 등장.

길든스턴   왕자님, 한 말씀만 드리게 해 주십시오.

햄릿   이봐, 역사를 통째 말씀하시지.   320

길든스턴   저, 왕께서—

햄릿   그래, 그가 어쨌는데?

길든스턴   물러나신 후 기분이 굉장히 언짢으십니다.

햄릿   술 때문에?

길든스턴   아뇨, 왕자님, 울화 때문입니다.   325

햄릿   이 사실을 의사에게 통지하는 게 자네의 지

           혜가 더 깊어 보이지 않겠나. 왜냐하면 내가

           그걸 씻어 낼 경우엔 아마도 그를 더 깊은 울

           화 속으로 처박아 넣을 것 같으니까.

길든스턴   왕자님, 말씀에 좀 체계를 잡으시고 제 용건   330

           을 이처럼 난폭하게 피하진 마십시오.

햄릿   이봐, 난 온순해졌어. 고하게.

길든스턴   왕자님의 모친 왕비께서 심기가 정말 크게

           상하시어 저를 보내셨습니다.

햄릿   잘 왔네.   335

길든스턴	아니, 왕자님, 이건 올바른 예법이 아니옵니다. 제게 이치에 맞는 답을 해 주실 마음이 있으시면 제가 모친의 명령을 수행할 것이고, 아니라면 왕자님의 허락을 받고 돌아가는 것이 제 마지막 임무가 될 것입니다. 340
햄릿	이봐, 난 못 해.
로젠크랜츠	무엇을요, 왕자님?
햄릿	이치에 맞는 대답 말이야. 난 정신이 병들었어. 하지만 이보게, 내가 할 수 있는 대답이라면 자네가—혹은 자네 말마따나 내 어머 345 니가 요구할 수 있지. 그러니 관두고 현안으로 돌아가면 자네 말이 어머니가—
로젠크랜츠	그렇다면 왕비께서 말씀하시기를 왕자님의 행동 때문에 대경실색하셨답니다.
햄릿	오, 어머니를 그렇게 놀라게 만들다니 장한 350 아들이로다! 그럼, 이 어머니의 놀라움 뒤꿈치를 바싹 따라오는 건 없는가? 전하게.
로젠크랜츠	왕비께서는 왕자님의 취침 전에 내실에서 말씀 나누기를 원하십니다.
햄릿	짐은 복종할 것이다. 그녀가 열 배나 짐의 어머 355 니라 할지라도. 짐과 거래할 일이 더 있는가?
로젠크랜츠	왕자님께선 한때 저를 사랑하셨습니다.
햄릿	여전히 그래, 이 소매치기 도둑놈의 손에 걸고.
로젠크랜츠	왕자님, 실성하신 이유가 무엇이옵니까? 친

구에게 비탄을 털어놓기 거절하시면 그건 분   360
명 왕자님 본인의 자유에 빗장을 지르는 일
이옵니다.

햄릿   이봐, 난 출세를 못 하고 있어.

로젠크랜츠   어찌 그럴 수가, 왕자님이 덴마크 왕위를 계
승한다는 국왕 본인의 발언이 있었는데?   365

햄릿   그래, 하지만 이봐, '풀 자라기 기다리다
가'—속담이 좀 곰팡내가 나는군.

　　　　배우들이 피리를 가지고 등장.

아, 피리꾼들 왔구먼. 어디 하나 볼까.—자네
하고만 얘긴데 자넨 왜 나를 마치 덫으로 몰
아넣으려는 듯이 바람 불어오는 쪽으로 가   370
려 하나?

길든스턴   오, 왕자님, 제 임무가 너무 당돌하다면 그건
제 충정이 너무 버릇없어 그렇습니다.

햄릿   그건 잘 이해 못 하겠네. 이 피리 좀 불어 보
겠나?   375

367행 속담 이 속담의 뒷부분은 '말은 굶어 죽는다.'이다.
369~371행 자넨…하나 사냥꾼이 바람 부는 쪽으로, 짐승 앞으로 가서 자기
냄새를 맡게 하면, 짐승은 반대편, 즉 덫이 있는 쪽으로 달아나다가 잡힌다.
(아든)

길든스턴	왕자님, 전 못 붑니다.
햄릿	부탁이야.
길든스턴	정말이지, 못 붑니다.
햄릿	간청하네.

길든스턴 만질 줄 모릅니다, 왕자님.   380

햄릿 거짓말처럼 쉬워. 손가락과 엄지로 이 지점
을 막고 입으로 숨을 불어 넣으면 가장 감명
깊은 음악을 들려줄 거야. 보라고, 이것들이
음혈이야.

길든스턴 하지만 그것들을 구사하여 어떤 화음도 만   385
들어 낼 수 없답니다. 그런 기술이 없답니다.

햄릿 그럼 이제 보라고, 자네가 날 얼마나 형편없
는 물건으로 생각하는지. 자넨 날 연주하고
싶어, 내 음혈을 알고 싶어 하는 것 같아, 내
비밀의 핵심을 파헤치고 싶어, 내 최저음에   390
서 최고 음역까지 울려 보고 싶어. 그리고 여
기 이 조그만 악기 속엔 많은 음악이, 빼어
난 소리가 들어 있어, 그렇지만 자넨 이걸 노
래 부르게 못 해. 빌어먹을, 자넨 나를 피리
보다 더 쉽게 연주할 수 있다고 생각해? 나   395
를 무슨 악기로 불러도 좋아, 하지만 나를
만지작거릴 순 있어도 연주할 순 없어.

폴로니우스 등장.

복 많이 받으시오.

폴로니우스 왕자님, 왕비께서 말씀을 나누고 싶어 하십
니다, 곧장요.   400

햄릿 저기 거의 낙타 형상을 한 구름이 보입니까?

폴로니우스 아이고 저럴 수가―진짜 낙타 같군요.

햄릿 내 생각엔 족제비 같은데.

폴로니우스 등이 족제비처럼 생겼군요.

햄릿 혹은 고래처럼.   405

폴로니우스 정말 고래 같군요.

햄릿 그럼 난 어머니에게 곧 가겠소.―(방백) 놈들
이 바보짓을 내 마음껏 하는구나.―곧 가겠
소이다.

폴로니우스 그렇게 아뢰겠습니다.   (퇴장) 410

햄릿 '곧'이라, 말은 쉽지.―친구들도 물러가게.

             (햄릿만 남고 함께 퇴장)

지금은 바야흐로 마법의 밤 시간,
묘지가 입 벌리고 지옥 그 자체가 세상으로
역병을 뿜는 때다. 난 지금 더운 피 마시고
낮에 보면 벌벌 떨 독한 짓을 할 수 있다.   415
자 그만, 어머니에게로. 오, 마음이여,

414행 더운…마시고 마녀들은 자기들의 저주로 죽은 어린이들을 갓 매장한 무
덤을 열어 시체를 꺼내 삶은 다음 그 물을 마신다고 한다. 피 마시는 일은
마녀들에 대한 가장 흔한 비난이었다. (뉴케임브리지)

효성을 잃지 마라. 확고한 이 가슴에
네로의 영혼은 절대 들지 말게 하라.
잔인하되 불효를 범하진 말아야지.
칼같이 말하지만 칼을 쓰진 않을 테다.   420
내 혀와 영혼이 이 점에선 위선자길.
즉, 말로는 그녀를 어떻게 꾸짖든
행동에는 내 영혼이 절대 동의 않기를!   (퇴장)

3막 3장

왕, 로젠크랜츠, 길든스턴 등장.

왕   난 그가 마음에 안 들고 그 광기를
배회하게 두는 것도 나에겐 불안하다.
그러니 준비하라. 위임장을 급조하여
자네들과 그를 함께 영국으로 보내겠다.
짐의 지위 때문에 그의 표정 속에서   5
시시각각 생기는 위험을 이렇게
가까이 둘 순 없다.
길든스턴   채비하겠습니다.
전하께 의존하여 살아가고 밥을 먹는

418행 네로 로마를 불태우고 자기 어머니를 죽인 로마 황제.
3막 3장 장소 엘시노어 왕성.

많고 많은 사람들의 안전을 지키는 건
최고로 거룩하고 신성한 걱정이옵니다.   10

로젠크랜츠   개개인도 삶에서 마음의 모든 힘과
무장을 통하여 해를 입지 않도록
자신을 지켜야 하거늘 그 안녕에
수많은 목숨이 의지하고 머무는 옥체는
더더욱 그래야만 합니다. 국왕의 서거는   15
혼자만의 죽음이 아니라 마치 소용돌이처럼
가까운 것들을 끌어들입니다. 또는 그건
언덕 위에 고정된 육중한 바퀴인데
거대한 그 살에 오만 가지 조그만 것들이
아귀 물고 연결되어 그것이 떨어질 땐   20
모든 작은 부속품, 하찮은 물건들이
그 요란한 파멸을 따릅니다. 왕은 절대
백성들의 신음 없이 홀로 한숨 못 쉽니다.

왕   이 급한 여행의 준비를 부탁하네.
난 지금 멋대로 활보하는 이 근심에   25
족쇄를 채우려 하니까.

로젠크랜츠   서두르겠나이다.

(로젠크랜츠와 길든스턴 함께 퇴장)

폴로니우스 등장.

폴로니우스   전하, 그가 자기 어머니의 내실로 갑니다.

저는 몸을 휘장 뒤에 감추고 전 과정을
들어 보겠습니다. 왕비께서 틀림없이
그를 크게 꾸중하실 것이고, 또 전하
　말씀처럼—　　　　　　　　　　　　　　30
현명한 말씀인데—어머니 아닌 제삼자가
두 사람의 대화를 추가로 엿듣는 건
둘이 절로 한편이니 당연한 일입니다.
전하, 물러가겠습니다. 자기 전에 들러서
아는 바를 아뢰겠습니다.

왕　　　　　　　　　　　　　고맙소, 경.　　　35

　　　　　　　　　　　　　(폴로니우스 퇴장)

아, 내 죄의 악취가 하늘에 이르렀다.
거기엔 형제 살인이라는 최초이자 최고의
저주가 묻어 있다. 난 기도할 수 없다.
물론 내 의향은 의지만큼 뚜렷하나
강한 내 의도를 더 강한 죄의식이 꺾으니　　40
난 두 가지 임무에 매여 있는 사람처럼
어느 쪽을 먼저 할까 멈춰 서 있다가
둘 다 못 한다. 저주받은 이 내 손에
형의 피가 겹겹으로 묻었다 하더라도
저 고운 하늘에 그것을 희게 씻을 만큼의　　45

33행절로 모자간의 인지상정으로.
31~38행최초이자⋯저주 카인이 아우 아벨을 살해한 행위로 받은 저주.

빗물은 없는가? 자비가 죄의 얼굴 마주 보게
도와주지 못한다면 무슨 소용 있는가?
또 기도엔 이중의 힘, 타락 전에 우릴 막고
그 후에는 용서하는 힘 말고 뭐가 있지?
그럼 난 고개를 들리라. 내 과오는 지나갔다.　　50
하지만, 아, 어떤 식의 기도가 도와줄까?
'더러운 제 살인을 용서해 주소서?'
그건 안 돼. 왜냐하면 난 내가 저지른
살인의 결과를—왕관과 자신의 야망과
왕비를 아직도 소유하고 있으니까.　　55
사면받고 범죄의 혜택을 누릴 수 있을까?
이 세상의 부패한 흐름 속에서는
금칠한 죄의 손이 정의를 밀쳐 내고
사악한 이득 그 자체가 법을 매수하는 게
자주 눈에 뜨인다. 근데 저 위에선 안 그렇다.　　60
거기엔 속임수란 없으며 그곳에선 행위의
진정한 성격이 드러나 우리는 과오의
이빨과 이마를 마주 보고 증거를 내놓도록
강요받을 것이다. 그렇다면? 뭐가 남지?
참회로 되는 걸 해 봐라. 그걸로 뭘 못 해?　　65

62~63행과오의…이마 우리는 우리를 처벌하는 법정에서 증인이 되어 우리의
과오의 이빨(잔혹성)과 이마(뻔뻔스러움)에 이르기까지 죄상을 밝히도록
요구받을 것이다. (뉴케임브리지)

하지만 그걸로 뭘 하지? 참회할 수 없는데?
오, 비참한 처지다! 오, 죽음처럼 검은 가슴!
오, 끈끈이 밟은 영혼, 벗어나려 애쓸수록
더 잡히네! 천사들은 도우소서! 그리해 보소서.
꿇어라, 뻣뻣한 무릎아. 철근 같은 심장아,   70
갓난아기 근육처럼 부드러워져라.
다 잘될 수도 있다.   (무릎을 꿇는다.)

햄릿 등장.

햄릿 지금 하면 딱 맞겠다, 지금 기도 중인데.
그래 지금 할 거야.   (칼을 뽑는다.)
                        그럼 놈이 천당 간다.
그래서 난 복수했다. 그건 따져 봐야지.   75
악당이 아버질 죽였는데 그 대가로
내가, 하나뿐인 아들이 바로 그 악당을
천당으로 보낸다.
아니 이건 도급이지 복수가 아니다.
놈은 내 아버지가 육욕에 푹 빠지고   80
그의 모든 죄악이 활짝 핀 오월처럼
싱싱할 때 앗아 갔다. 그러니 하늘 말고
그 결산이 어떨지 누가 알아? 하지만
우리의 처지와 예상으로 봤을 땐 무겁다.
그럼 내가 복수했어? 놈이 영혼 씻을 때   85

하직하기 딱 좋을 때 목숨을 뺏는다면?

아냐.

아서라 내 칼아, 더 끔찍한 상황을 만나자.

놈이 취해 잠자거나 광란하고 있을 때

침대에서 상피 붙어 쾌락을 즐길 때   90

경기 도중 욕하거나 구원받을 기미가

전혀 없는 행동을 하고 있을 바로 그때

이놈의 다릴 걸자, 발꿈치는 하늘을 박차고

그 영혼은 목적지인 지옥만큼 저주받아

시커멓게 되도록. 어머니가 기다린다.   95

그 약은 병든 네 나날을 연장할 뿐이니라.

(퇴장)

왕   내 말은 날아가고 생각만 남았구나.

생각 없는 빈말은 절대 하늘 못 가는 법.

(퇴장)

3막 4장

왕비와 폴로니우스 등장.

폴로니우스   그가 곧 옵니다. 엄하게 꾸짖으십시오.

96행그약 클라우디우스의 기도.
3막4장장소 왕비의 내실.

분탕질이 너무 심해 견딜 수 없으며

마마께서 큰 역정을 막았다고 하십시오.

전 바로 여기에서 입 다물고 있지요.

서슴지 마십시오.

왕비 　　　　　　　　　 장담할 터이니 걱정 마오.　　5

물러나요, 그가 오는 소리가 들리니까.

　　　　　　(폴로니우스는 휘장 뒤에 숨는다.)

　　　　　　햄릿 등장.

햄릿　자, 어머니, 무슨 일입니까?

왕비　햄릿, 너는 네 아버질 몹시 화나게 했다.

햄릿　어머닌 제 아버질 몹시 화나게 했죠.

왕비　저런, 저런, 가벼운 혀로 대답하는구나.　　10

햄릿　이런, 이런, 사악한 혀로 질문하는군요.

왕비　아니, 웬일이냐, 햄릿?

햄릿　　　　　　　　　 이젠 무슨 일입니까?

왕비　네가 날 잊었느냐?

햄릿　　　　　　　　 아뇨, 천만에요, 그럴 리가.

어머닌 왕비이고 자기 남편 동생의 부인이며

아니라면 좋겠지만 제 어머니 되십니다.　　15

왕비　아니 그럼, 말발 있는 사람들을 맞세우마.

햄릿　자, 자, 앉으세요. 꼼짝 못 할 것입니다.

제가 거울 갖다 놓고 어머니가 자신의

가장 깊은 내면을 볼 때까진 못 갑니다.

왕비 무슨 짓을 하려느냐? 죽이진 않겠지? 20

사람 살려!

폴로니우스 (휘장 뒤에서) 여봐라! 사람 살려!

햄릿 이건 뭐냐? 쥐새끼다! 죽어 싸다, 죽어라.

(휘장을 뚫고 검을 찌른다.)

폴로니우스 (뒤에서) 오, 난 살해됐다.

왕비 맙소사, 무슨 일을 저질렀어?

햄릿   모릅니다. 25

왕입니까?

(휘장을 들치고 폴로니우스가 죽은 걸 안다.)

왕비 오, 이 얼마나 성급하고 잔학한 행위냐!

햄릿 잔학한 행위죠. 왕을 죽인 다음에 그 동생과

결혼하는 만큼이나 나쁘겠죠, 어머니.

왕비 왕을 죽여?

햄릿   예 마마, 제가 한 말입니다.― 30

한심하고 성급한 주제넘은 바보야, 잘 가라.

네 상전인 줄 알았다. 운명을 받아들여.

지나치게 바쁜 것도 위험한 줄 알았겠지.―

손을 짜진 마세요. 가만 좀 앉으세요.

어머니 심장을 짜 볼게요. 그렇게 할 겁니다. 35

28행 왕을…다음에 햄릿과 거트루드가 대단히 중요한 이 문제를 다시 거론하
지 않는다는 사실은 놀랍다. (뉴케임브리지)

132

만약 그게 부드러운 물질로 돼 있다면

망할 놈의 습관이 단단하게 쌓아 놓은

철저한 무감각의 철옹성이 아니라면.

왕비　내가 뭘 했다고 네가 감히 혓바닥을

이리도 무엄하게 놀리느냐?

햄릿　　　　　　　　　　이런 거죠.　　　　40

정숙함의 품위와 수줍음을 흐려 놓고

미덕을 위선이라 부르며 순수한 사랑의

아름다운 이마에서 장미꽃을 앗아 가고

거기에 창녀 낙인 찍으며 혼인의 서약을

노름꾼의 거짓 맹세 만드는 그런 행동—　　　45

오, 계약이란 몸체에서 혼을 뽑아 버리고

감미로운 종교를 말의 잡탕 만드는

그런 행위 말입니다. 하늘이 얼굴을 붉히고

이 단단한 지구도 최후 심판 맞은 듯

열에 들뜬 모습을 보이며 그 행동에　　　　　50

가슴 아파합니다.

왕비　　　　　　맙소사, 웬 행동이

서두부터 요란하게 천둥소릴 내느냐?

햄릿　여기 이 그림과 이 그림, 두 형제의

53행이…그림　이 장면을 연출하는 데에는 첫째, 벽화를 걸어 놓을 수 있고 둘째, 소형 초상화를 쓸 수 있는데 이 경우 햄릿이 자기 주머니에서 두 사람의 그림을 같이 꺼내거나 자기 목에 걸고 있는 아버지의 그림과 어머니 목에 걸린 삼촌의 그림을 비교하는 방법이 있다. (뉴케임브리지)

초상화를 보십시오. 이분의 이마 위에
어떠한 미덕이 서려 있나 보라고요.   55
태양신의 머리칼, 주피터의 이마에
군신처럼 위협하고 호령하는 두 눈과
전령 신 머큐리가 하늘 닿은 언덕 위에
새롭게 내린 듯해 보이는 이 자태를.
신들이 각자의 인장을 다 찍어   60
세상 사람들에게 한 인간의 모습을
보증하기 위해 만든 이 진정한 융합체를.
이게 남편이셨죠. 이제 그다음을 보세요.
곰팡이 핀 옥수수자루처럼 건강한 형님을
썩게 하는 여기 이 남편을. 눈 있어요?   65
이 고운 산을 두고 이 늪에서 먹고 또
살찔 수가 있어요? 하, 눈이 있느냐고요?
그것을 사랑이라 할 순 없죠. 왜냐하면
그 나이엔 한창때의 혈기가 길들고 순해져
분별력을 따르는데 무슨 놈의 분별로   70
여기서 여기로 갑니까? 감각은 분명 있죠,
없으면 움직이지 못하니까. 근데 그건
졸중 걸린 감각이 분명해요. 왜냐하면
그만한 차이엔 미쳤어도 실수 않을 것이며
감각이 아무리 환각의 노예가 됐더라도   75

57행군신 군대와 전쟁의 신 마르스.

약간의 선택은 남았을 테니까. 어머니를
그렇게 술래처럼 눈 가린 건 어떤 악마였나요?
촉각 없는 눈이나 눈 없는 촉각이나
손도 눈도 없는 귀, 홀로 남은 후각이나
참된 감각 한 가지의 병든 일부라도   80
그렇겐 안 헤매죠. 오, 수치심아, 안 빨개져?
지옥 같은 욕정아,
네놈이 중년 여인 몸에서 반역할 수 있다면
불타는 청춘에겐 순결함이 양초처럼
자기 불에 녹게 하라. 충동적인 열정이   85
돌격을 감행해도 부끄러워하지 마라,
찬 서리가 활활 타고 이성이 욕망의
뚜쟁이가 됐으니까.

왕비   오 햄릿, 그만해라.
너는 내 두 눈을 바로 내 영혼으로 돌려놨고
거기에는 시커멓게 착색되어 안 지워질   90
오점들이 보인다.

햄릿   예, 하지만 그럼에도
타락에 푹 절어 메스꺼운 돼지우리 속에서
아양 떨고 어우르며 추한 땀 기름 묻은
침대에서 살다니!

왕비   오 그만 말해라.
그 말이 비수처럼 내 귀를 찌른다.   95
그만해라, 착한 햄릿.

햄릿	살인자에 악당 놈,
	당신 전 남편의 백분의 일만도 못한 놈,
	악한 왕의 본보기며 선반 위에 올려놓은
	소중한 왕관을 훔친 다음 주머니에 처넣은
	국가와 통치권의 소매치기— 100
왕비	그만해라.
햄릿	쓰레기 넝마 같은 놈의 왕—

유령 등장.

천군 천사들이여, 이 몸 위에 나래 펴고
구원해 주소서! 어인 일이시옵니까?

왕비	아, 이 애가 미쳤다. 105
햄릿	게으른 당신 아들 꾸짖으러 오셨지요?
	시간을 놓치고 열정이 식어 버려
	당신의 엄명을 급히 실행 못 한 저를.
	오, 말하소서!
유령	잊지 마라. 이번의 방문으로
	거의 다 무뎌진 네 결심을 벼리려 할 뿐이다. 110
	오, 자신의 영혼과 싸우는 그녀를 말려라.
	망상은 최약자들에게 최대로 작용한다.

106~108행 게으른…저를 유령이 처음 나타난 후 명령을 받은 사람이 자기 임무를 소홀히 하거나 실행치 못할 경우 계속해서 다시 나타난다고 한다. (아든)

어미에게 말 걸어라, 햄릿.

햄릿 괜찮아요, 마마?

왕비   애야 넌 괜찮으냐?

어찌하여 네 눈을 허공으로 돌리고   115

형체 없는 공기와 대화를 나누느냐?

네 눈은 거칠게 정기를 내뿜고

잠자던 군인에게 비상 걸린 것처럼

누웠던 머리칼은 무생물이 산 것같이

깜짝 놀라 쭈뼛 섰다. 오, 착한 내 아들아,   120

네 광기의 열화를 차가운 인내로

좀 식혀 보려무나. 어딜 쳐다보느냐?

햄릿 저분을, 저분을. 보세요, 저 창백한 응시를.

저 모습과 사연을 합쳐서 설교하면

목석조차 반응할 겁니다.—절 보지 마십시오.   125

애처로운 그 행동에 단호한 제 결심이

바뀌지 않도록. 안 그러면 제 할 일은

본색을 잃습니다.—피 대신 눈물이겠지요.

왕비 그 말을 누구에게 하느냐?

햄릿 저기, 아무것도 보이지 않습니까?   130

왕비 전혀, 아무것도. 하지만 있는 건 다 보인다.

127행안그러면 결심이 바뀌면.
131행전혀…보인다 유령이 선별적으로 보인다는 사실은 당시 일반인들의 믿음과, 엘리자베스 시대 그리고 고대의 예들과 일치한다. (아든)

햄릿 　아무것도 듣지도 못하고요?

왕비 　그래, 우리 둘밖에는 아무것도.

햄릿 　아니, 저길 봐요, 그게 빠져나가는 걸.
　　　아버지가 살았을 때 복장으로!　　　　　　　135
　　　바로 지금 현관으로 나가는 걸 봐요.

　　　　　　　　　　　　　　　　　(유령 퇴장)

왕비 　이건 바로 네 두뇌가 조작한 것이다.
　　　이러한 무형물 만들기는 광증의 특기야.

햄릿 　광증이요?
　　　제 맥박은 어머니의 것처럼 박자 맞춰　　　140
　　　건강하게 노래해요. 제가 발설한 것은
　　　미친 말이 아닙니다. 시험해 보세요,
　　　그 내용을 다시 말해 볼 테니. 미쳤다면
　　　헷갈릴 것입니다. 어머니, 은총에 맹세코
　　　자기 죄는 조용한데 제 광기가 떠든다는　　　145
　　　아첨 같은 고약을 영혼에 바르진 마세요.
　　　그건 단지 곪은 데를 막 씌울 뿐이며
　　　썩은 그 고름은 밑으로 파고들어
　　　안 보이게 퍼집니다. 하늘에게 고백해요.
　　　지난 일은 뉘우치고 앞일은 피하세요.　　　150
　　　그리고 잡초에 퇴비 뿌려 더욱더 무성하게
　　　만들진 마시고. 제 덕행을 용서해 주세요.
　　　왜냐하면 바람 들어 떵떵해진 이 시절엔
　　　미덕이 악덕에게 용서를 몸소 빌고

예, 친절해도 좋단 허락 애원해야 하니까요.   155

왕비 오 햄릿, 너는 내 가슴을 두 동강 내 놨다.

햄릿 오, 나쁜 쪽은 내버리고 나머지 반쪽으로

더 맑게 사십시오. 안녕히 주무세요.

그러나 삼촌의 침대로 가시면 안 됩니다.

비록 덕이 없더라도 그걸 걸쳐 보세요.   160

모든 감각 잡아먹는 습관이란 괴물도

버릇을 굳힐 땐 악마지만 천사일 때도 있죠.

즉, 곱고 착한 행동이 관행이 됐을 경우

그놈은 적절하게 입을 만한 외투나

예복을 준답니다. 오늘 저녁 자제하면   165

그 때문에 다음번 금욕은 좀 더 쉽고

그다음은 더 쉬울 겁니다. 왜냐하면 관행은

천성의 각인조차 바꿔 놓을 수 있으며

악마를 누르거나 놀라운 힘으로 그놈을

내던지니까요. 다시 한번 안녕히 주무세요.   170

그리고 어머니가 축복받고 싶으실 때

축복을 청하지요. 바로 이 영감 일은

정말 뉘우칩니다. 하지만 하늘이 원하시어

저로써 이 일을, 이 일로써 저를 벌하시니

저 스스로 천벌이자 그것의 집행관이   175

160행 걸쳐 보세요 셰익스피어의 극작품에 자주 나오는 옷의 비유. 164~165
행의 외투, 예복과 연결된다.

되어야만 합니다. 이 시체는 처리하고
죽인 건 잘 해명하죠. 그럼 다시 안녕히.
저는 친절해지려고 잔인할 뿐입니다.
이건 악의 시작이고 더 악한 게 남았어요.
마마, 한 말씀만 더.

왕비　　　　　　　　　내 할 일이 무엇이냐?　　　180

햄릿　제가 시킬 다음 일은 절대 하면 안 됩니다.
뚱뚱이 왕이 다시 침대로 당신 꾀여
음탕하게 뺨 꼬집고 생쥐라고 부르며
역겨운 키스 한두어 번에, 아니면 그놈의
염병할 손가락으로 목을 쏠어 줬다고　　　185
이 일을 다 불어 버려요, 즉 제가
근본은 안 미치고 속임수로 미쳤다고.
알리는 건 잘하는 일이죠. 왜냐하면
아름답고 정숙하고 지혜로운 왕비 말고
그 누가 이만한 중태사를 두꺼비나 박쥐나　　190
괭이에게 감추겠습니까? 누가 그러겠어요?
안 그러죠. 지각과 분별에도 불구하고
지붕 위로 올라가 새장 열고 새들을
다 날려 보낸 다음 그 유명한 원숭이처럼

194행원숭이 이상하게도 이 속담은 기록에 남아 있지 않다. 그러나 그 줄거
리는 다음과 같을 것이다. 즉, 원숭이 한 마리가 새장을 지붕 위로 가져가
새를 날려 보내고, 자기도 그 흉내를 내려고 새장 속에 기어 들어간 후 뛰어
내린다. 날아가는 대신 원숭이는 땅바닥에 떨어진다. (뉴케임브리지)

	어찌 되나 보려고 새장 속에 기어든 뒤	195
	떨어져서 모가지나 분지르고 말지요.	
왕비	너에게 보증하마. 숨이 있어 말이 있고	
	생명 있어 숨 있다면 네가 내게 한 말을	
	숨 쉬게 할 생명은 나에게 없을 거다.	
햄릿	전 영국으로 가야만 합니다. 아시지요?	200
왕비	아뿔싸, 잊었구나. 그렇게 결론 났어.	
햄릿	국서가 봉해졌고 학교 동창 두 놈이	
	전 그들을 독니 달린 독사 믿듯 하겠지만—	
	왕명을 받들어 제 앞길을 쓸면서	
	악행으로 절 인도할 겁니다. 하라지요.	205
	폭약수가 제 폭탄에 날아가게 만드는 건	
	흥밋거리니까요. 쉽지는 않겠지만	
	전 놈들의 땅굴보다 한 치 밑을 파 들어가	
	놈들을 달님에게 날리지요. 오, 두 간계가	
	한곳에서 정면으로 만나면 정말 신난답니다.	210
	이 사람이 저를 빨리 떠나게 할 겁니다.	
	이 곱창을 옆방으로 옮기겠습니다.	
	어머니, 정말 잘 주무세요. 이 고문관께선	
	지금 가장 조용하고 은밀하고 엄숙하군,	
	생전엔 멍청한 떠버리 불한당이었는데.	215
	자 이봐, 우리 같이 이 일을 끝내야지.	

206행 폭약수 폭탄을 제조하고 장치하는 사람.

안녕히 주무세요, 어머니.

   (폴로니우스를 끌고 햄릿 퇴장. 왕비만 남는다.)

4막 1장

왕비가 있는 곳에 왕이 로젠크랜츠,

길든스턴과 함께 등장.

왕   이렇게 한숨 쉬고 깊은 탄식 하는 까닭

      설명해 줘야겠소. 짐은 알고 있어야 하니까.

      아들은 어디 있소?

왕비 잠시만 이 자리를 우리에게 내주게.

             (로젠크랜츠와 길든스턴 퇴장)

      아 전하, 오늘 밤 못 볼 것을 봤나이다!   5

왕   아 이런, 거트루드, 햄릿은 어떻소?

왕비 어느 쪽이 더 힘센지 싸우는 바다와

      바람처럼 미쳤어요. 난폭한 발작 중에

      휘장 뒤의 기척 듣고 휙 하고 칼을 뽑아

      '쥐새끼다, 쥐새끼'라고 소리치면서   10

4막1장장소 엘시노어 왕성.

0행 무대 지시문, 왕비가…등장 1676년 사절판과 셰익스피어 편집자 로(Rowe)가 여기에서 4막을 시작하였다. 그러나 모든 편집자들은 이 지점에서 막을 가른 것이 존슨 박사가 말했듯이 '썩 잘된 일이 아니라는' 데 동의한다. 어떤 식이든 막을 가르는 일이 있어서는 안 되며 극은 계속된다. (뉴케임브리지)

정신이 현혹되어 거기에 숨어 있던
노인을 죽였어요.

왕   오, 사악한 행위로다!
짐이 거기 있었어도 당했을 것이오.
그를 놓아두는 것은 모두에게 위험하오.
바로 당신 자신에게, 짐에게, 만인에게.   15
아아, 피비린 이 행위를 어떻게 해명하지?
그 책임은 이 미친 젊은이를 선견으로
잡아 두고 못 다니게 했어야 할 짐에게
지워질 것이오. 근데 짐은 사랑이 너무 많아
지당한 처방을 들으려 하지 않고   20
몹쓸 병을 갖고 있는 환자가 그렇듯이
소문내지 않으려다 생명의 진수마저
파먹히게 하였구려. 그는 어딜 갔어요?

왕비   자기가 죽인 사람 치우려 나갔는데
주검을 놓고서—잡석 광맥 가운데 순금처럼   25
바로 그의 광기가 순수성을 보였어요.
벌어진 일 때문에 그가 울었답니다.

왕   오, 거트루드, 나갑시다.
아침 해가 저 산에 닿자마자 짐은 그를
배에 실어 보내고 흉악한 이 행위는   30
짐의 모든 왕권과 재주로 묵인하고
변명해야 할 것이오.—여봐라, 길든스턴!

로젠크랜츠와 길든스턴 등장.

자네 둘은 나가서 도움을 더 구하라.
햄릿이 미쳐서 폴로니우스를 살해하고
왕비의 내실에서 그를 끌고 나갔다.   35
햄릿을 찾아내어—잘 말하고—시신을
예배당으로 옮겨라. 부탁이다, 서둘러라.
                    (로젠크랜츠와 길든스턴 퇴장)
여보, 짐은 가장 현명한 친구들을 불러 모아
무엇을 하려는지, 무슨 일이 때 아니게
생겼는지 알리겠소. 사람들이 뭇 악담을   40
과녁을 정조준한 대포가 온 세상에
독물 탄을 쏴 대듯 소곤댄다 할지라도
짐의 이름 비껴가고 상처를 입지 않는
공기만 때리도록 말이오. 오 어서 갑시다,
내 마음은 불화와 불안으로 가득하오.   45
                    (함께 퇴장)

4막 2장
햄릿 등장.

햄릿　안전하게 챙겨 뒀다.　　　　(안에서 부른다.)
근데 잠깐, 무슨 소리지? 누가 햄릿을 부를

까? 아, 여기 오는구먼.

로젠크랜츠와 길든스턴 외 몇 사람 등장.

로젠크랜츠 왕자님, 시신을 어찌하셨습니까?

햄릿 흙에다 합쳐 놨지, 친척뻘 되니까.   5

로젠크랜츠 어딘지 말씀하십시오, 저희들이 시신을 거기
에서 예배당으로 모실 수 있도록.

햄릿 이건 믿지 마.

로젠크랜츠 무엇을 말입니까?

햄릿 내가 너희 비밀은 지키고 내 비밀은 못 지킨   10
다는 걸. 더군다나 해면 같은 인간의 요구에
왕의 아들은 어떻게 대응해야지?

로젠크랜츠 저를 해면으로 보십니까, 왕자님?

햄릿 그럼, 왕의 총애와 그의 보답과 그의 권세를
빨아들이는 물건이지. 하지만 그런 하수인들   15
이 마지막엔 왕을 가장 크게 도와주는데, 그
는 원숭이처럼 그들을 입 안 한구석에 처음
엔 넣고 있다가 끝에 가선 삼켜 버리지. 너희
가 긁어모은 게 필요할 때 그가 너희를 짜기
만 하면 해면인 너희는 다시 말라 버릴 거야.   20

로젠크랜츠 말씀을 못 알아듣겠습니다, 왕자님.

──────────

4막 2장 장소 엘시노어 왕성.

햄릿　　　기쁜 일이군. 험악한 말은 멍청한 귀에는
　　　　　들리지 않거든.

로젠크랜츠　왕자님, 시체가 어디 있는지 말씀하시고 저
　　　　　희와 같이 왕께 가셔야만 합니다.　　　　　25

햄릿　　　시체는 왕과 함께 있으나 왕은 시체와 함께
　　　　　있지 않도다. 왕이란 것은—

길든스턴　것이라니요, 왕자님?

햄릿　　　아무것도 아냐. 나를 그에게 데려가라.

　　　　　　　　　　　　　　　　　　(함께 퇴장)

4막 3장

왕과 함께 귀족 두셋 등장.

왕　　그를 찾고 시신을 수색하라 일렀어요.
　　이 인간이 활보하니 얼마나 위험한지!
　　하지만 엄한 법을 적용해선 안 됩니다.
　　그는 저 얼빠진 대중들의 사랑을 받는데
　　그들은 판단력보다는 눈으로 좋아해서　　　　　5
　　눈에만 든다면 죄인의 처벌만 고려하지
　　지은 죄는 절대 생각 않습니다. 모든 것을
　　매끄럽게 처리하기 위해서는 이렇게

────────────

4막3장장소　엘시노어 왕성.

146

그를 급히 보내는 것 또한 숙고의 결과로
보여야만 합니다. 중병은 극약 처방 아니면   10
절대 못 고칩니다.

       로젠크랜츠, 길든스턴 외 몇 명 등장.

             그래 어찌 됐느냐?

로젠크랜츠 전하, 시신을 어디에다 뒀는지 그로부턴
못 알아냈습니다.

왕   근데 그는 어딨느냐?

로젠크랜츠 밖에요, 감시받고, 전하 뜻을 알려고요.

왕 짐 앞에 데려와라.

로젠크랜츠   여봐라, 왕자님을 모셔라.   15

       호위병과 함께 햄릿 등장.

왕 자 햄릿, 폴로니우스는 어딨느냐?

햄릿 야식 중이오.

왕 야식 중? 어디서?

햄릿 그가 먹는 곳이 아니라 먹히는 곳에서요. 정
치꾼 같은 버러지 한 무리가 회동, 이 순간에   20
도 그를 차지하고 있답니다. 먹는 데는 구더기
가 유일한 황제랍니다. 우린 우리가 살찌려고
다른 모든 짐승들을 살찌우며 우리 자신은

구더기를 위해 살찌우죠. 뚱보 왕과 마른 거
지란 다양한 식사에 불과한데—음식은 둘이 25
나 한 상에 오르지요. 그렇게 끝난답니다.

왕 이런, 이런.

햄릿 어떤 사람이 왕을 먹은 구더기로 낚시하고 그
구더기를 삼킨 물고기를 먹을 수 있답니다.

왕 그게 무슨 뜻이냐? 30

햄릿 왕이 어떻게 거지 배 속으로 행차하실 수 있
는지 보여 주려는 뜻밖엔 없습니다.

왕 폴로니우스는 어딨느냐?

햄릿 천국에요. 거기로 사람을 보내 봐요. 당신 사
자가 거기에서 못 찾으면 그 반대편으로 직 35
접 찾아나서시죠. 하지만 그를 이번 달 안으
로 정녕 못 찾으면 복도로 통하는 계단을 올
라갈 때 냄새를 맡을 겁니다.

왕 (시종들에게) 거기서 찾아봐라.

햄릿 갈 때까지 기다릴 거야.   (시종들 퇴장) 40

왕 햄릿, 이번 행위, 특별히 너의 안전 때문에—
짐은 그걸 네가 범한 그 일을 지극히
슬퍼하는 만큼이나 챙기는데—널 화급히
내보내야 하겠다. 그러니 준비하라.
범선은 떠 있고 바람이 도와주며 45
동료들이 대기하고 만사가 향한 곳은
영국이다.

햄릿   영국이요?

왕   그렇다, 햄릿.

햄릿   좋습니다.   50

왕   그럴 거다, 짐의 뜻을 헤아린다면.

햄릿   그걸 아는 천사 한 분이 보이는군요. 하지만
자, 영국으로. 안녕히 계십시오, 사랑하는 어
머니.

왕   사랑하는 네 아버지다, 햄릿.   55

햄릿   어머니죠. 아버지와 어머니는 남편과 아내이
고 남편과 아내는 한 몸이니 어머니죠. 자,
영국으로.   (퇴장)

왕   뒤를 바싹 따르라. 승선을 재촉하고
지체하지 말도록—오늘 밤에 보내겠다.   60
떠나라, 임무와 관련된 그 밖의 모든 건
완벽하게 준비됐다. 서둘러, 부탁이야.

(왕만 남고 함께 퇴장)

그리고 영국 왕은 내 호의가 소중커든—
내 위력 때문에 그 의미를 알 테지만,
덴마크 왕의 칼자국이 아직도 그대 몸에   65
생생하게 남아 있고 스스로 두려워

52행 그걸…분 햄릿의 짓궂은 익살. 그는 자신이 클라우디우스의 음모를 알
고 있다는 암시를 주며, 동시에 하늘이 클라우디우스를 지켜보고 있음을
경고한다. (뉴케임브리지)

내게 충성하니까―짐이 내린 왕명을
소홀히 취급해선 안 되리라. 그 취지는
편지로 상세히 지령하듯 햄릿의
즉각적인 죽음이다. 시행하라, 영국 왕.　　　70
그가 내 핏속에서 열병처럼 광분하니
그대가 날 고쳐야 해. 일 끝난 걸 알 때까진
어떤 행운 다가와도 내 기쁨은 없으리라.

　　　　　　　　　　　　　　　　(퇴장)

4막 4장

포틴브래스가 군대를 이끌고 등장,
무대 위로 행군한다.

포틴브래스　부대장, 덴마크 국왕께 인사를 전하라.
포틴브래스가 그분의 허락에 의하여
이 왕국을 통과할 때, 약속된 행군의 호위를
갈망한다 말씀드려. 집결지는 알 테고.
전하께서 만약에 짐을 볼 일 있으시면　　　5
어전에서 경의를 표시할 것이다.
그러니 그렇게 아뢰도록.

부대장　　　　　　　　　　　　예, 왕자님.

───────────

4막 4장 장소　엘시노어에서 가까운 덴마크 해안.

포틴브래스　조용히 진군하라.　　(부대장만 남고 함께 퇴장)

햄릿, 로젠크랜츠, 길든스턴 외 몇 명 등장.

햄릿　이보시게, 이것은 어느 나라 군대인가?

부대장　노르웨이군입니다.　　　　　　　　　　10

햄릿　실례지만 목적이 무엇이오?

부대장　폴란드의 일부를 치려고 합니다.

햄릿　지휘관은 누구시고?

부대장　노르웨이 노왕의 조카인 포틴브래스요.

햄릿　폴란드 본토를 공격하는 것이오,　　　　15

　　　　아니면 변방의 일부요?

부대장　아무런 보탬 없이 사실을 말하자면

　　　　우리는 땅 조각 하나를, 오직 그 이름뿐

　　　　아무런 이득도 없는 걸 얻으러 갑니다.

　　　　닷 냥, 닷 냥을 내고도 농사짓지 않겠어요.　　20

　　　　또 그걸 봉토로 판다 해도 노르웨이나 폴란드나

　　　　그보다 비싼 값은 못 받을 것입니다.

햄릿　그럼, 폴란드는 아무런 방비를 않겠군요.

부대장　아뇨, 주둔군이 이미 와 있답니다.

햄릿　이천의 인명과 이만의 금화로도　　　　25

　　　　이 하찮은 문제를 해결치 못하다니!

　　　　이것은 큰 부와 평화가 안으로 곪아 터져

　　　　겉으로는 사람이 왜 죽는지 그 이유를

모르는 경우로다. 대단히 고맙소.

부대장   안녕히 계십시오.   (퇴장)

로젠크랜츠   가시겠습니까, 왕자님?   30

햄릿   곧 합류하겠다. 조금만 앞서 가라.

                              (햄릿만 남고 함께 퇴장)

모든 일이 사사건건 얼마나 날 꾸짖고
둔한 내 복수심을 찌르는가. 인간은 무엇인가,
일생을 팔아 얻는 주 소득이 먹고 또
자는 것뿐이라면? 짐승 그 이상은 아니다.   35
우리에게 이렇게 넓고도 앞뒤를 내다보는
사고력을 넣어 주신 그분께서 그 능력과
신과 같은 이성을 쓰지 않고 썩히라고
주신 건 분명코 아니다. 그런데 이 무슨
짐승 같은 망각인지, 아니면 결과를 너무나   40
꼼꼼히 따져 보는 소심한 주저인지─
그런 생각 쪼개 봤자 반에 반만 지혜이고
나머진 비겁함이겠지만─난 내가 왜
이 일은 하리라고 말하는지 모르겠다,
해치울 명분과 의지와 힘과 또 수단이 있는데.   45
흙처럼 흔한 예가 나에게 훈계한다,
그 증거로 곱고 여린 왕자가 이끄는

42행그런생각 앞줄에서 언급된 소심한 주저.
44행이일 복수.

이 대규모 호화판 군대를 보아라.
그의 맘은 하늘 같은 야심으로 부풀어
예측 못 할 결과 따윈 코웃음 치면서   50
덧없고 불확실한 인간의 목숨을
계란만 한 땅 때문에 온갖 운과 사망과
위험에 내맡긴다. 진정으로 위대함은
큰 명분 없이는 행동을 않는 게 아니라
명예가 걸렸을 땐 지푸라기 하나에도   55
큰 싸움을 찾아내는 것이다. 그럼 난 어떤가?
아버지는 살해되고 어머닌 더럽혀졌으며
내 이성과 혈기가 강력히 미는데도
모든 걸 잠재우고 있는 한편 창피하게
이만의 병사에게 임박한 죽음을 보는데,   60
그들은 명성이란 환상과 속임수 때문에
침실 가듯 무덤으로 걸어가며 그만한 군대가
시비 가릴 틈도 없고 전사자를 파묻을
묘지로도 충분치 못한 땅을 위하여
싸우지 않는가? 오, 지금부터 내 생각이   65
피비리지 아니하면 아무 소용 없으리라. (퇴장)

60행 이만 햄릿은 25행에서 포틴브래스 군대의 숫자를 이천이라고 말했다.

4막 5장

왕비, 호레이쇼, 신사 한 사람 등장.

왕비　난 걔와 말하지 않겠네.

신사　　　　　　　　　　성가시게 조릅니다.

진짜로 얼빠졌고 동정받을 상태이옵니다.

왕비　걔가 뭘 원하는가?

신사　아버지 얘기를 많이 하고 이 세상엔

홍계가 있다고 들었다며 으흠 하고 가슴 치고　　　5

악을 쓰며 짚을 차고 의미가 반쪽뿐인

불분명한 것들을 말합니다. 비록 헛말이지만

모호한 쓰임새가 그걸 듣는 사람들을

추측하게 만들지요. 그들은 입 벌리고

자기들 생각에 맞추어 그녀 말을 엮는데,　　　10

그것은 그녀의 눈짓, 몸짓, 고갯짓과 더불어

확실한 건 없지만 커다란 불상사를

정말이지 생각해 보도록 만들곤 합니다.

호레이쇼　악심 품은 자들에게 위험한 억측을

퍼뜨릴지 모르니 말 나눔이 좋을 것이옵니다.　15

왕비　들라 하라.　　　　　　　　　(신사 퇴장)

(방백) 죄의 참모습처럼 병든 내 영혼에겐

사소한 일들이 큰 불행의 전주곡 같구나.

4막5장장소　엘시노어 왕성.

죄의식은 서투른 걱정으로 가득 차
무너질까 겁내다가 스스로 무너진다.　　　　20

　　　　　　　오필리어 등장.

오필리어　아리따운 덴마크 왕비는 어디에 계시죠?

왕비　웬일이냐, 오필리어?

오필리어　(노래) 당신의 참사랑이 남다른 줄

　　　　　　　어떻게 아냐고요?

　　　　　　　조가비 모자와 지팡이에　　　　25

　　　　　　　가죽신 때문이죠.

왕비　아, 귀여운 아가씨, 이게 무슨 노래냐?

오필리어　뭐라고요? 아니, 잘 들어 보셔요.

　　　　(노래) 그분은 가셨어요, 아씨,

　　　　　　　돌아가셨다고요.　　　　30

　　　　　　　머리맡엔 새파란 잔디에

　　　　　　　발치엔 비석이죠.

　　　　오, 오!

왕비　아니, 그런데 오필리어—

오필리어　잘 들어 보셔요.　　　　35

23행 무대지시문. 노래 오필리어의 노래는 유명한 월싱엄 발라드를 연상시키는
데 거기에 외로운 순례자와 버림받은 연인이 등장한다. (뉴케임브리지) 조
가비 모자, 지팡이, 가죽신은 물론 순례자의 차림이다.

(노래) 수의는 산중의 눈처럼 희었고—

왕 등장.

왕비　아, 전하, 이것 좀 보세요.

오필리어　(노래) 향긋한 꽃잎으로 장식되고

　　　　　　참사랑의 눈물로 적시어져

　　　　　　무덤으로 가지는 못했어요.　　　　　40

왕　어찌된 일이냐, 어여쁜 숙녀가?

오필리어　글쎄, 복 마이 받으세요. 부엉이는 빵 장수의

　　　　　딸이었데요. 주님, 우린 지금의 우린 알지만

　　　　　어떻게 될지는 몰라요. 당신의 식탁에 하느님

　　　　　의 가호가 있기를.　　　　　　　　　　45

왕　아비에 대한 환상이군.

오필리어　이 일을 입에 올리진 맙시다. 그래도 사람들

　　　　　이 무슨 뜻이냐고 묻거든 이렇게 대답하세요.

　　　　　(노래) 내일은 밸런타인 명절날

42행 마이 많이.

42~43행 부엉이는…딸이었데요 민간 설화 중의 하나. 한 거지가 빵 장수 딸에게 빵을 구걸하였으나 그녀는 거절하였다. 그런데 그 거지는 예수님이었고 그는 그녀를 부엉이로 변신시켰다고 한다. (뉴케임브리지)

49행 밸런타인 명절날 이날 처음 보는 이성을 애인으로 삼는다는 오래된 관습이 있다. (아든) 오필리어의 실성한 마음에는 아버지 폴로니우스의 죽음과 햄릿에 대한 환상이 뒤엉켜 있다.

이른 아침 때 맞춰   50

난 그대의 창 밑에 처녀로

애인 되려 서 있네.

그대는 일어나 옷 걸치고

방문을 열었는데

들어갈 때 처녀가 나올 땐   55

절대 처녀 아니라네.

왕　어여쁜 오필리어—

오필리어　정말이지 욕 한마디 없이 끝을 맺을게요.

예수와 자선심의 성자여,

슬프고도 창피하오.   60

청년들은 하게 되면 할 텐데—

쌍, 그건 그들 잘못이오.

그녀 왈 '옷고름 풀기 전에

결혼 약속 했잖아요.'

그가 대답하기를   65

'저 해님에 맹세코 그랬겠지,

네가 내 침대로 오지만 않았어도.'

왕　이 애가 언제부터 이렇게 됐나?

63~64행 옷고름…했잖아요 몇몇 비평가들은 이 구절을 근거로 햄릿과 오필리어가 성관계를 가졌다고 생각하고 오필리어가 실제로 임신 중이라고 생각하는 사람도 있다. 그러나 대다수 사람들에게 오필리어의 말은 그녀가 실은 있지도 않았던 관계를 마치 있었던 것처럼 미친 마음속에 떠올리기 때문에 감동을 준다. (뉴케임브리지)

오필리어 다 잘되길 빌어요. 우린 참아야만 합니다. 하
지만 사람들이 그분을 싸늘한 땅속에 묻었   70
다 생각하면 울지 않을 수 없어요. 오빠가 이
일을 알게 될 거예요. 그래서 당신의 훌륭한
조언에 감사드립니다. 자, 내 마차. 안녕히 주
무세요, 숙녀분들, 안녕히. 사랑하는 숙녀분
들, 안녕히, 안녕히 주무세요.   (퇴장)   75

왕 뒤를 바싹 따르고, 제발 잘 감시하라.

(호레이쇼 퇴장)

오, 이건 깊은 고뇌의 독인데 전적으로
그 아비의 죽음에서 생겨났소. 이제 봐요―
오, 거트루드, 거트루드,
슬픔이란 첨병은 하나씩 오지 않고   80
떼 지어 몰려오오. 먼저 재 아비가 살해됐고
다음으로 당연한 추방의 난폭한 장본인
당신 아들 떠났으며, 폴로니우스의 죽음 놓고
백성들은 진흙탕에 빠진 듯 생각과 소문이
혼탁하고 불온한데 짐은 그를 허겁지겁   85
졸속 비밀 매장했고, 불쌍한 오필리어는
그 자신과 올바른 판단력을 잃었는데,
그게 없는 인간이란 그림이나 짐승일 뿐이며
끝으로 이 모두와 맞먹을 사건으로
개 오빠가 은밀히 프랑스에서 돌아와   90
놀라움을 못 금한 채 뜬구름에 싸였는데

그 아비의 죽음 놓고 독설로 그의 귀를
오염시킬 험담꾼들이야 모자라지 않을 테니
물증이 변변찮은 필연적인 결과로
짐에 대한 고발이 이런저런 귓속으로   95
주저 없이 퍼질 거요. 오, 여보, 거트루드,
이것은 살상용 산탄처럼 수많은 곳에서
나를 거듭 쓸데없이 죽이오.   (안에서 소란)
                              여봐라!
스위스 근위병들 어딨느냐? 저 문을 지켜라.

                  사자 한 사람 등장.

그래 무슨 일이냐?
사자   전하, 어서 피신하소서.   100
경계를 넘보며 치솟는 바다가 해안을
폭동의 선두에 선 레어티스 청년이
전하의 관원들을 위압하는 것보다
더 거세게 삼키진 못합니다. 폭도들은 그이를
왕이라 부르면서 천지가 막 개벽한 듯   105
모든 말씀 인준하고 받쳐 주는 옛것과 관습을
잊고 또 모르는 듯 이렇게 외칩니다.

99행 스위스 근위병 스위스 사람들은 돈에 팔려 가는 용병, 특히 왕의 호위병
으로 유명했다고 한다.

'우리가 선택했다, 레어티스를 왕으로!'

이 말을 모자와 손과 혀로 구름 닿게 떠듭니다.

'레어티스를 왕으로, 레어티스 왕이시다!'　　　　110

왕비　헛물켜며 저렇게 반갑게 짖는구나.

오, 이쪽이 아니다, 헛짚은 덴마크 개들아.

　　　　　　　　　　　　　　　(안에서 소란)

왕　문들이 부서졌다.

　　　　　레어티스가 추종자들과 함께 등장.

레어티스　왕은 어디 있느냐?―자, 모두 밖에 있으시오.

모두　아뇨, 우리도 안으로.

레어티스　　　　　　　　제발 내 말 들으시오.　　　　115

모두　그러겠소, 그러겠소.

레어티스　고맙소. 이 문을 지키시오.　(추종자들 함께 퇴장)

　　　　　　　　　　오, 이 못된 왕,

내 아버질 내놔라.

왕비　　(그를 잡으며) 차분해라, 레어티스.

레어티스　차분한 피 한 방울에 난 사생아로 선포되고

108행 우리가 앞서 클라우디우스가 '얼빠진 대중들'(4.3.4) 이라고 불렀던 사
람들이 강조되고 있다. 햄릿을 사랑한다고 생각되었던 대중들이 이제 충성
심을 레어티스에게로 옮기고 클라우디우스를 왕으로 뽑은 선출단의 특권
을 넘겨 달라고 요구한다. (뉴케임브리지)

아버지는 오쟁이 진 남편으로 알려지며   120
정숙한 어머니의 바로 여기 순결한 이마엔
창녀 낙인 찍힐 거요.

왕   어찌하여 레어티스,
네 반역이 이토록 거인 같아 보이느냐?—
놓아주오, 거트루드. 짐의 몸은 걱정 마오.
두터운 신성이 왕 주위를 감싸 주어   125
역적도 눈치만 살필 뿐 자신의 뜻대로
행동하진 못하니까—얘기해라, 레어티스,
왜 그리 격분했나.—놓아주오, 거트루드.—
말해 봐라.

레어티스   아버지는?

왕   죽었다.

왕비   하지만 왕 탓은 아니다.   130

왕   마음껏 요구하게 두시오.

레어티스   어떡하다 가셨느냐? 허튼수작 말라고.
충성 따윈 지옥으로! 맹세는 흑마왕에게로!
양심과 은총은 끝없이 깊은 저 구덩이로!
저주도 불사하리. 내 입장은 이렇다.   135
이승 저승 상관 않고 무슨 일이 닥치든지
난 오로지 아버지의 원수를 최대한

133행 맹세 군주와 신하 간의 충성과 보호의 맹세.
134행 끝없이…구덩이 지옥.

	철저히 갚겠다.	
왕	누가 널 막는단 말이냐?	
레어티스	내 뜻 말곤 온 세상도 못 막는다.	
	그리고 수단은 확실히 잘 관리하여	140
	미비하나 오래갈 것이다.	
왕	레어티스,	
	사랑하는 아버지에 대하여 분명한 걸	
	알고자 원하면서 우군 적군, 승자 패자	
	모두에게 싹쓸이하듯이 그 칼을 뽑으라고	
	복수심에 쓰였더냐?	145
레어티스	적에게만 뽑는다.	
왕	그럼 적을 알고 싶냐?	
레어티스	친구분들에게는 제가 이리 팔 벌리고	
	새끼 생명 되살리는 온정의 펠리컨처럼	
	제 피를 먹이겠소.	
왕	아하, 이제야 자네가	
	착한 아들, 진정한 신사답게 말하는군.	150
	내가 자네 아버지의 사망에 무죄이며	
	그것을 대단히 통탄하고 있다는 사실은	
	판단만 해 본다면 대낮처럼 분명하게	
	눈앞에 드러날 것이다.	

148행펠리컨 이 새는 자기 가슴을 부리로 쪼아 피를 내고 그 피를 새끼에게
먹인다고 한다. (뉴케임브리지)

(안에서 소란. 오필리어의 노랫소리가 들린다.)

그녀를 들게 하라.

레어티스   아니, 저게 무슨 소립니까?   155

오필리어 등장.

오, 열기여, 뇌수를 말려 다오. 일곱 배나
짜디짠 눈물아, 내 눈의 시력을 태워 다오.
맹세코 네 광증은 저울대가 기울만큼
무겁게 갚아 주마. 아, 오월의 장미여!
귀한 처녀, 착한 누이, 아름다운 오필리어!   160
오 하늘이시어, 나이 어린 처녀의 정신이
노인의 목숨처럼 가 버릴 수 있답니까?
인간의 본성은 사랑으로 맑아지고
그것이 맑은 이는 그 귀한 일부를
사랑하는 사람 따라 보내는 법이다.   165

오필리어   (노래) 맨 얼굴로 관 위에 얹고 갔어,
              무덤 속엔 눈물이 빗발쳤고.─
         내 사랑 그대여, 안녕.

레어티스   제정신 가지고 복수를 재촉했더라도

163~165행 인간의…법이다 레어티스는 오필리어가 실성한 이유를 그녀가 맑
은 본성의 일부를 아버지 폴로니우스의 죽음에 딸려 보냈기 때문이라고 설
명한다. 이런 발상이 레어티스의 성격에 맞지 않음은 여러 비평가들에 의해
지적된 바 있다.

	이런 감동 없을 거다.	170
오필리어	당신은 '애달프다, 애달프다.' 하고, 또 당신은 '그이가 애달프다.' 하고 노래해야 돼요. 아, 후렴이 기차게 어울리네! 주인집 딸을 훔쳐 간 건 못된 집사였대요.	
레어티스	이 헛말에 담긴 뜻이 많구나.	175
오필리어	만수향 여깄어요. 그건 기억하란 말이지요.— 자기, 제발 날 기억해 줘요. 그리고 상사꽃 여깄어요. 그건 생각해 달란 말이에요.	
레어티스	미친 가운데 교훈이로구나. 생각과 기억이 맞아떨어지니까.	180
오필리어	회향꽃 여깄어요, 그리고 매발톱꽃도. 당신에 겐 운향꽃을, 그리고 나도 좀 가질게요. 일요 일엔 그것을 은혜초라 불러도 괜찮아요. 당신 은 운향꽃을 좀 다르게 꽂아야 되겠는데. 들 국화 여깄어요. 당신에겐 오랑캐꽃을 드리고 싶지만 아버지가 돌아가시고 나서 죄다 시들 어 버렸어요. 그분은 끝이 좋았다고들 해요.	185

176~187행 만수향…버렸어요 오필리어는 만수향과 상사꽃을 분명 레어티스
에게 주는 것처럼 보인다. 물론 그녀의 마음속에 레어티스는 햄릿과 겹쳐서
나타날 것이지만 말이다. 회향꽃, 매발톱꽃, 운향꽃을 클라우디우스와 거트
루드 중 누구에게 어느 것을 주느냐에 대해서는 논란이 많다. (뉴케임브리
지) 회향꽃은 아첨, 매발톱꽃은 배은과 배신, 운향꽃은 슬픔과 참회, 들국
화는 사랑, 오랑캐꽃은 정절을 의미한다. (아든, 뉴케임브리지)

(노래) 귀염둥이 그 사람 내 기쁨 모두니까.

레어티스 비애와 번민과 고통과 지옥까지

누이는 매력으로, 멋으로 바꾸어 놓는구나.　190

오필리어 (노래) 그분 다시 안 오실까?

그분 다시 안 오실까?

아냐, 아냐, 가신 사람

무덤으로 가신 사람.

절대 다시 아니 오리.　195

그분 수염 흰 눈 같고

그분 머리 호호 백발

가셨으니, 가셨으니

우리 한탄 속절없네.

그분의 영혼에게 자비를.　200

또 모든 기독교인의 영혼에게도. 여러분, 안녕

히 계세요.　(퇴장)

레어티스 오, 하느님, 이게 보이십니까?

왕 레어티스, 자네의 비탄에 동참해야 되겠네.

안 그러면 자넨 내 권리를 거절하는 셈이야.　205

곧 나가서 최고로 현명한 친구들을 선택해라,

자네와 나 중간에서 듣고 판정하게끔.

직접 또는 간접으로 짐의 손이 닿았음이

만약에 밝혀지면 이 나라를 줄 것이다.

짐의 왕관, 짐의 생명, 짐의 모든 소유물도　210

보상으로 주겠다. 하지만 아닐 경우
자네의 인내심을 기꺼이 짐에게 맡긴다면
짐은 자네 영혼이 충분히 만족도록
함께 노력할 것이다.

레어티스   그렇게 하지요.
부친의 사망 경위, 초라한 장례식—   215
유해 위에 유품도, 칼이나 문장도 없었고
고상한 의식이나 공식적 의례도 없었던—
그 사실을 온천지에 외쳐서 들릴 만큼
문제 삼겠습니다.

왕   그리하게 해 주지.
그리고 죄 있는 곳에는 철퇴가 내려야지.   220
자, 같이 가세.   (함께 퇴장)

4막 6장
호레이쇼와 하인 한 사람 등장.

호레이쇼   얘기하고 싶다는 사람들이 누구냐?
하인   뱃사람들입니다. 나리께 편지가 있답니다.
호레이쇼   오라 해라.   (하인 퇴장)
            햄릿 왕자님이 아니라면 이 세상 어디에서

4막 6장 장소 엘시노어 왕성.

나에게 인사를 전해 올지 모르겠다.   5

선원들 등장.

선원 1   복받으십쇼, 나리.

호레이쇼 자네도 복받게.

선원 1   하느님의 뜻이라면 그럴 겁니다. 여기 나리
        께 편지 한 통이 있습니다. 영국으로 가던 사
        신께서 주셨죠.—나리 이름이 호레이쇼라면   10
        말입니다. 그렇다고 알고 있긴 합죠만.

호레이쇼 (편지를 읽는다.) '호레이쇼, 이 편지를 훑어보
        거든 이 친구들이 왕에게 닿도록 주선해 주
        게. 그에게 전할 편지를 가졌어. 바다로 나
        간 지 이틀도 못 되어 중무장한 해적선이 우   15
        릴 추격했네. 우리 배가 너무 느린지라 난 할
        수 없이 용맹을 발휘했고 접전 때 그들 배에
        올랐지. 그 순간 그들은 우리 배와 떨어졌고
        나 혼자 포로가 되었어. 그들은 관대한 도적
        이나 된 것처럼 날 대접했네. 하지만 왜 그랬   20
        는지 그들은 알지. 내가 선심을 베풀 차례야.
        보낸 편지를 왕이 받도록 해 주고 자네는 죽
        음에서 도망치듯 빨리 내게로 오게. 내 말을
        자네 귀에 들려주면 어안이 벙벙해질 걸세.
        그래도 그건 사안의 중대성에 비하면 너무   25

나 가벼워. 이 친구들이 자네를 내가 있는 곳
으로 데려올 거야. 로젠크랜츠와 길든스턴은
영국행을 계속하고 있고 그들에 대해선 할
말이 많아. 잘 있게.

친구임을 자네가 아는   30

햄릿.'

자, 이 편지를 전달할 길을 마련하겠네.
그 일을 빨리 해서 자네들이 편지 받은
그분에게 나를 인도하게끔 해 주겠네.

(함께 퇴장)

4막 7장

왕과 레어티스 등장.

왕   이젠 너의 양심으로 내 무죄를 확정하고
나를 네 마음의 친구로 맞아야 할 것이다.
네 아버질 살해한 그가 노렸던 것이
내 목숨이었음을 들었을 테니까,
그것도 밝은 귀로.

레어티스   분명한 것 같습니다.   5
근데 왜 이 만행을 고발 않으셨는지요?

4막 7장장소 엘시노어 왕성.

그 본질이 극악하고 극형감이어서
전하의 안전, 상식, 그 외 모든 면에서
매우 필요했을 텐데.

왕   아, 두 가지 특별한
이유가 있는데 너에겐 맥없어 보일지 몰라도   10
나에겐 강력하다. 걔 어미 왕비가 거의
아들만 보고 살아. 그리고 나로서는—
그게 내 미덕이든 재앙이든지 간에—
그녀는 내 영혼과 생명에 직결되어 있어서
천구층이 움직여야 별이 같이 움직이듯   15
나 또한 그녀를 못 벗어나. 공개 재판 쪽으로
내가 가지 못하는 두 번째 이유는
그에 대한 대중들의 크나큰 사랑인데
그들은 그의 모든 허물을 애정에 담그고
나무가 돌이 되는 샘물처럼 마음 써서   20
그가 찬 족쇄조차 매력으로 바꾸니까.
따라서 내 화살은 그러한 강풍에는
살대가 너무 약해 표적을 못 맞추고
활 있는 곳으로 되돌아왔을 거야.

15행 천구층…움직이듯 고대인들은 행성, 별, 천체가 천구층에 붙어 있는 것으
로 믿었다. 따라서 천체는 그 자체가 아니라 그것의 천구층과 함께 움직인
다고 생각했다.
20행 나무가…샘물 영국에 이런 샘물이 실제로 있었다고 한다. (아든, 뉴케임
브리지)

레어티스	그래서 전 고귀한 아버지를 잃었고	25
	누이는 절망적인 상황에 몰렸군요.	
	그녀의 가치는 찬사를 되돌릴 수 있다면	
	그녀의 완벽함을 주장하며 시대를 뛰어넘어	
	우뚝 서 있었죠. 하지만 복수는 할 겁니다.	
왕	그 때문에 밤잠을 설치진 말거라.	30

왕 그 때문에 밤잠을 설치진 말거라.   30
     이 짐이 수염을 잡히는 위험을 놔두고
     그것을 오락이라 여길 만큼 맥 빠지고
     둔하다 생각해선 안 된다. 곧 더 알게 될 거야.
     나는 네 아버지를 아꼈고 자신도 아끼니까
     바라건대 이 사실로 네가 짐작해 본다면―   35

편지를 가진 사자 등장.

사자 이 편지는 전하께, 이건 왕비 마마께.

왕 햄릿이 보냈다고? 누가 가져왔느냐?

사자 선원들이라는데, 전하, 저는 못 봤습니다.
     클라우디오가 줬는데 가져온 자로부터
     받았다고 합니다.

왕   레어티스, 들어 봐라.―   40
     물러가라.   (하인 퇴장)
     (읽는다.) '지엄하신 전하, 제가 빈 몸으로 전
     하 땅에 올랐음을 아뢰옵나이다. 내일 용안
     을 뵈올 허락을 구하옵고, 그때 우선 용서를

구한 다음 제가 급히 더군다나 괴이하게 돌 45
아온 경위를 상술하겠나이다.

                                          햄릿.'

이게 무슨 뜻이지? 나머지도 모두 왔어?

혹은 무슨 속임순가, 아무 일도 없었는데?

레어티스   필적을 아십니까?

왕   햄릿의 필체야.   50

'빈 몸으로'—

또 여기 추신에 '홀로'라고 적혀 있어.

해명할 수 있겠나?

레어티스   갈피를 못 잡겠습니다. 하지만 오라지요.

그의 이빨 마주하며 '넌 이렇게 죽는다.'고   55

살아생전 말한다면 바로 제 울화병이

사라질 것입니다.

왕   그렇다면, 레어티스—

어찌하여 그리됐고, 그렇지 않고서야?—

너는 내 명령대로 하겠느냐?

레어티스   예, 전하,

억지로 평화를 명령하지 않으시면.   60

왕   네 마음의 평화이지. 그가 지금 항해를

중단하고 돌아와 더 이상 나갈 뜻이

55행넌…죽는다 여기에서 레어티스는 햄릿에게 단검을 찔러 넣는 시늉을 하
거나 그렇게 상상하고 있다. (뉴케임브리지)

없다고 한다면 내 머릿속에서 지금 익은
한 가지 계략으로 그를 끌어들인 다음
쓰러지지 않을 수 없도록 만들겠다.   65
그러면 누구도 그 죽음을 비난치 못하고
그의 어미조차도 계책 탓이 아니라
사고라고 말할 거다.

레어티스   전하, 명령대로 하지요,
특히 제가 수단이 되도록 그 일을
꾸며만 주신다면.

왕   잘 맞아떨어졌다.   70
네가 여행 떠난 뒤로 빛난다고 소문난
네 특기 하나로 말들이 많았지. 그것도
햄릿이 듣는 데서. 네 장기를 다 합쳐도
그것만큼 그 애의 시기심을 크게 일으키지는
못했을 것이야. 근데 내가 보기엔 그것이   75
가장 가치 없었어.

레어티스   전하, 그게 뭐죠?

왕   청년의 모자에 달려 있는 장식일 뿐이지—
하지만 꼭 필요해, 왜냐하면 청년에겐
가볍고 느긋한 복장이 중년의 안정감과
위엄을 뜻하는 모피 예복만큼이나   80
어울려 보이니까. 지금부터 두 달 전
노르망디 지방에서 한 신사가 왔는데—
나도 그 프랑스인을 직접 보고 맞섰지.

그들은 말을 썩 잘 탔지만 이 한량은
마술로 마술을 부렸어. 안장에 착 달라붙어   85
그 멋진 짐승과 한 몸이 되었거나
반동물이 된 것처럼 말에게 묘기를
부리게 했었지. 내 상상을 너무나 초월하여
내가 그의 자세나 재주를 꾸며 내도
그가 실행한 것엔 못 미쳐.

레어티스   노르만 사람이죠?   90

왕   노르만 사람이야.

레어티스 목숨 걸고, 라모르지요.
                                    바로 그 친구야.

레어티스 제가 그를 잘 압니다. 그 친구야말로
그 나라 전체의 보배이고 보물이죠.

왕   그가 너에 대해서 고백했고   95
검술의 이론과 실제에서, 특별히 세검에선
대단한 고수라고 너를 칭찬했으며
누가 너를 대적할 수 있다면 그건 정말
구경감일 거라고 공언을 했었지.
자기 나라 검객들은 만약 네가 맞선다면   100
운신과 방어는 물론이고 주목도 못 하리라
단언을 했었지. 이봐, 이런 칭찬 때문에
햄릿이 시샘으로 너무나 독이 올라
아무 일도 못 하고 네가 급히 돌아와
한판을 겨루기만 바라고 또 빌었어.   105

자 이걸 빌미로—

레어티스   빌미로 뭘을요, 전하?

왕   레어티스, 아버지가 네게 소중했느냐?
아니면 넌 그림 속의 슬픔처럼 하나의
마음 없는 얼굴이냐?

레어티스   왜 그걸 물으시죠?

왕   아버질 사랑하지 않았다 여겨서가 아니라   110
사랑의 발단은 시간임을 알고 또
그 불꽃과 열기도 시간 가면 줄어듦을
증거를 통하여 실제로 보았기 때문이다.
사랑의 불길 속엔 그걸 약화시키는
일종의 심지나 검댕이 자라며   115
언제나 꼭 같이 좋은 건 없단다.
왜냐하면 좋은 것도 넘치면 화병처럼
제 풀에 죽으니까. 우리가 하려는 일
하려 할 때 해야 돼. 왜냐하면 '하려는' 건
말이 많고 손이 많고 사건이 많은 만큼   120
변하고 줄어들고 지연되며 '해야 되는' 것 또한
한숨에 피 마르는 것처럼 누그러지면서
우리를 해치니까. 하지만 궤양의 뿌리로.

115행 심지 지금처럼 타서 없어지지 않고 엉겨 붙어서 촛불을 약화시키거
나 꺼지게 만드는 당시의 심지.
122행 한숨에…것처럼 당시 사람들은 한숨이 심장에서 피를 뽑아낸다고 생각
했다. (아든)

햄릿이 돌아온다. 말이 아닌 행동으로
아버지의 아들임을 보여 주기 위하여   125
뭘 시도하겠느냐?

레어티스   교회에서 그 목을 따야죠.

왕   살인에 정말이지 성역이 있어선 안 되고
복수에 한계는 없어야지. 하지만 레어티스,
이러면 어떠냐. 꼼짝 말고 네 방에 있어라.
돌아온 햄릿에겐 네 귀국을 알릴 테고   130
네 재주를 칭찬해 줄 이들을 지목하여
그 프랑스인이 너에게 준 명성을
두 배로 광내며 결국엔 너희 둘을 맞붙여
내기를 걸겠다. 그는 쉽게 믿는 데다
그지없이 관대하고 술수가 전혀 없어   135
수련검을 안 뜯어볼 테니 넌 쉽사리—
아니면 약간의 속임수로—끝 곧은 칼을 골라
연습한 그대로 찌른다면 아버지의 원한을
갚을 수 있을 거야.

레어티스   그리하겠습니다.
또 그럴 목적으로 제 칼에 독약을 바르죠.   140
돌팔이에게서 약을 하나 샀는데

123행 궤양의 뿌리로 문제의 핵심으로. 이 극에 나오는 많은 질병의 비유 가
운데 하나로 클라우디우스의 악한 의도를 무의식적으로 그러나 극명하게
드러내는 말이다.

너무 치명적이라 칼을 잠깐 담그고
그걸로 피를 내면 달빛 아래 효험 있는
모든 약초 합쳐 만든 진귀한 고약조차
살짝만 긁힌 것의 생명을 죽음에서   145
구해 낼 수 없답니다. 그 극약을 제 칼끝에
묻히겠습니다. 제가 그를 조금만 다쳐도
죽음에 이르도록.

왕   이걸 좀 더 생각하고
어떤 때와 수단이 편리하며 우리의 역할에
맞을 건지 검토하자. 이 일이 실패하고   150
엉성한 연기로 음모가 탄로 날 바에야
꾀하지 않는 게 좋을 거야. 그러므로
이 계획이 실행 중 무산되도 대비 또는
차선책이 있어야 해. 잠깐만, 어디 보자.
내가 둘의 기량에 공식적인 내길 걸고—   155
알았다!
너희 둘이 운동으로 덥고 또 갈증 날 때—
그러려면 더 맹렬히 찔러야 하겠지만—
그때 그가 마실 걸 찾으면 난 안성맞춤으로
술잔을 준비하고 그가 입만 댄다면 그걸로   160
그가 네 독검의 일격을 우연히 피한대도
우리는 목적을 이룰 거다. 근데 잠깐,
　웬 소리냐?

왕비 등장.

왕비 비탄이 비탄의 꼬릴 물고 너무 빨리
　　　　 다가오는구나. 누이가 익사했다, 레어티스.

레어티스 익사해요? 오, 어디서요?　　　　　　　　　165

왕비 거울 같은 물 위에 하얀 잎을 비추며
　　　　 냇가에 비스듬히 수양버들 자라는데
　　　　 그것으로 네 누이가 기막힌 화환을
　　　　 미나리아재비, 쐐기풀, 들국화 그리고
　　　　 입 걸은 목동들은 더 야하게 부르지만　　　170
　　　　 정숙한 처녀들은 '죽은 이 손가락'이라 하는
　　　　 난초와 엮어서 만들었지. 흰 가지에 풀꽃 관을
　　　　 걸려고 올라가다 짓궂은 실가지가 부러져
　　　　 풀 화환과 네 누이는 눈물처럼 흐르는
　　　　 개울 속에 떨어졌어. 입은 옷이 쫙 퍼져　　　175
　　　　 그녀는 인어처럼 떠 있게 되었는데
　　　　 그동안에 옛 찬가 몇 구절을 불렀단다,
　　　　 자신의 위기에는 무감하게 되었거나
　　　　 물에서 태어나고 거기에 적응한
　　　　 생명체가 된 것처럼. 그러나 머지않아　　　180

165행 익사해요…어디서요 레어티스의 대답은 많은 사람들의 조롱거리가 되었다. 그러나 아마 레어티스의 반응은 충격과 슬픔보다는 반신반의의 놀라움이 아닐까? 좀 전까지 살아 있던 오필리어를 봤으니까. (뉴케임브리지)

그녀의 의복이 마신 물로 무거워져
고운 노래 부르는 불쌍한 앨 끌고 갔어,
진흙 속 죽음으로.

레어티스 　　　　　　　　아, 그럼 누인 익사했네.

왕비 　익사했다, 익사했어.

레어티스 　가련한 오필리어, 네겐 물이 너무 많아　　　185
눈물은 삼가겠다. 하지만 이것은
인간의 버릇이고 그 무슨 수치를 당하든
습관은 못 버린다. (운다.) 이것이 그치면
여자 티는 끝이다. 안녕히 계십시오, 전하.
할 말은 불같이 타려 하나 이 같은 바보짓이　　190
그걸 꺼 버립니다. 　　　　　　　(퇴장)

왕 　　　　　　　거트루드, 따릅시다.
격분한 그를 달래느라고 얼마나 애썼는지.
이번 일 때문에 또다시 광분할까 두렵소.
그러니 따릅시다. 　　　　　(함께 퇴장)

180~183행 그러나⋯죽음으로　셰익스피어는 사실주의 소설이 생겨나기 이전
의 관객들을 위하여 작품을 썼다. 따라서 오필리어의 죽음을 읊는 거트루드
의 대사는 개인과 상관없는 일반적인 설명이다. (뉴케임브리지)

5막 1장

두 광대(묘지기와 다른 묘지기) 등장.

광대 1 이 여자를 기독교식으로 묻어 준다고? 제멋
대로 천당으로 내려가려 했는데도?

광대 2 그렇다니까. 그러니 곧바로 그 여자 무덤을
파라고. 검시관이 그녀를 살펴보고 기독교식
이라고 말했어.   5

광대 1 어찌 그럴 수가? 자기를 방어하려다 빠져 죽
지 않았다면 말씀이야.

광대 2 글쎄, 그렇다고 허네.

광대 1 정당 공격임에 틀림없어. 다른 건 아냐. 왜
냐하면 요점은 다음과 같으니까. 만약에 내   10
가 알면서 빠져 죽으면 그건 행동임을 입증
하고 행동에는 세 갈래가 있는데―그건 행
하고 동하고 실행하는 것이야. 고로 이 여
자는 알면서 빠져 죽었어.

5막1장장소 교회 마당의 묘지.

2행천당 그 반대편인 지옥을 뜻한다. 말의 익살스런 오용으로 웃음을 자아
내는 방법.

9행정당공격 정당 방어라고 해야 맞다.

11~13행행동임을…것이야 1554년 제임스 헤일스 경이 실제로 강물에 빠져 자
살했을 때 그 행위의 본질에 관해 대단히 상세한 법률적인 논쟁이 벌어졌으
며, 그중 일부가 행동의 세 부분, 즉 행동의 상상, 결심, 결행이었다고 한다.
(아든, 뉴케임브리지)

광대 2 아니, 근데 이보게, 땅 파는 아저씨—   15

광대 1 내 말 좀 들어 봐. 여기 물이 있어—좋았어. 여기 사람이 서 있어.—좋았어. 만약 사람이 물로 걸어가서 빠져 죽으면 그건 싫든 좋든 자기가 가는 거야. 그 점을 주목해. 근데 만 약 물이 사람에게 다가와 그를 빠뜨리면 그는   20 빠져 죽는 게 아냐. 고로 자기 죽음에 무죄인 사람은 자기 목숨을 끊은 게 아니라고.

광대 2 하지만 그게 법인가?

광대 1 그럼, 그렇고말고. 검시관의 검시법이지.

광대 2 이 일을 진짜로 알고 싶은가? 이게 만약 귀   25 족 집 아가씨가 아니었으면 기독교식으로 묻 히진 못헐 거란 말일세.

광대 1 허, 말 같은 말 했구먼. 그리고 더욱더 불쌍 한 건 높으신 양반들은 이 세상에서 빠져 죽 거나 목매 죽거나 하실 권세가 같은 기독교   30 도들보다 더 많으시다는 거야. 자, 내 삽 주 게. 오래된 양반치고 정원사, 도랑치기, 묘지 기 아닌 사람은 없지—그들은 아담의 직업 을 물려받았어.   (판다.)

광대 2 그 사람 귀족이었나?   35

광대 1 처음으로 수족을 거느린 귀족이었지.

광대 2 웬걸, 그에겐 아무도 없었어.

광대 1 뭐야, 자네 이교도란 말인가? 자넨 성경을 어떻게 이해하나? 성경 말씀에 아담이 땅을 팠 다 했어. 수족 없이 땅을 팔 수 있었겠나? 내 40 자네에게 질문 하나 더 해 보지. 만일 뜻에 맞춰 대답을 못 하겠거든 실토하시고—

광대 2 혀 봐.

광대 1 석수나 목수나 조선수보다 더 튼튼한 걸 짓 는 사람이 누군가? 45

광대 2 교수대 만드는 사람이지. 왜냐하면 그놈의 틀은 수만 명이 지나가도 끄떡없으니까.

광대 1 자네 기지 정말 마음에 든단 말씀이야. 교수 대는 좋은 대답이야. 근데 그게 어째서 좋은 가? 나쁜 놈들에게 잘해 줘서 좋은 거지. 그 50 렇다면 교수대가 교회보다 더 튼튼하게 지어 졌다고 말하는 자네가 나빠. 고로 자넨 교수 형감일지도 몰라. 다시 해 봐.

광대 2 누가 석수, 목수, 조선수보다 더 튼튼한 걸 짓 느냐고? 55

광대 1 그래, 말하고 짐을 벗으셔.

광대 2 알았다. 이제 말헐 수 있어.

광대 1 해 봐.

광대 2 제기랄, 못 하것어.

광대 1 이 일로 그놈의 머리통 더 이상 쥐어짜지 말 60 라고, 둔해 빠진 당나귀 놈 때린다고 걸음이 빨라지진 않을 테니까. 다음에 이 질문을 받

거든, '묘지기'라고 대답해. 그가 짓는 집들은
최후 심판 날까지 견딜 테니까. 요한네 주막
에 건너가서 술이나 한 통 받아 오게.   65

           (광대 2 퇴장. 광대 1 계속 판다.)

(노래) 젊었을 땐 사랑하고 사랑했지.

        참으로 달콤하다 생각했지.

     시간을—어—내 뜻대로—오—보냈지.

     그게—에—최고라고—오—생각했지.

그가 노래하는 동안 햄릿과 호레이쇼 등장.

햄릿   이 친구 자기가 하는 일에 대한 감각이 없나,   70
         묘를 파면서 노래를 부르다니?

호레이쇼 습관 때문에 자기 일에 무심하게 되었나 봅
         니다.

햄릿   과연 그래. 할 일 없는 손의 감각이 더 예
         민한 법이니까.   75

광대 1 (노래) 그런데 나이가 도둑발로 다가와
               억센 손에 이 몸을 움켜쥐고
        옛 시절은 없었던 것처럼
            땅속으로 처넣어 버렸지.

                     (해골을 던진다.)

햄릿   저 해골에도 한때는 혀가 있었고 노래도 할   80
         수 있었겠지. 저 녀석이 그걸 땅에다 팽개치네,

마치 최초의 살인을 한 카인의 턱뼈나 되는 것
처럼. 지금 이 바보가 호령하는 저건 어느 모
사꾼의 머리통이었을지도 모르지. 하느님까지
따돌리려 했던 녀석 말이야. 안 그런가?   85

호레이쇼   그럴지도 모르지요, 왕자님.

햄릿   혹은 '아침 문안이오, 영감님. 안녕하시옵니
까, 영감님' 하고 말하던 궁정인의 것일지도.
또는 달라고 조르는 뜻으로 아무개 대신의
말을 칭찬하던 아무개 대신일지도 모르고.   90
안 그런가?

호레이쇼   예, 왕자님.

햄릿   허, 과연 그래. 근데 지금은 턱 떨어져 구더기
마나님 밥이 되고 묘지기 삽질에 대갈통을
얻어맞네. 알아볼 재주만 있다면 세상이 기   95
막히게 도는 이치 여깄구먼. 저 뼈다귀들을
키운 값이 막대 던지기 놀이 하는 것밖에 안
되나? 그렇게 생각하니 내 뼈가 다 쑤시는군.

광대 1   (노래) 곡괭이와 삽 하나, 삽 하나로

　　　　　　수의 한 장 덧붙여서   100

　　　오, 흙구덩이 하나를 파야지,

　　　　맞는 손님 있으니까.

　　　　　　　　　　(해골을 또 하나 던진다.)

햄릿   또 하나 나왔군. 아니, 저건 어떤 변호사의
해골일지도 모르지 않은가? 그의 고상한 궤

변과 사건, 소유권 변론과 속임수는 어디에   105
있단 말인가? 왜 저 친구가 이 미친 녀석에
게 더러운 삽으로 통박을 얻어맞고도 녀석
의 폭행죄에 대해서는 말이 없을까? 흠, 이
사람은 살아생전에 담보 증명, 차용 증서, 이
전 증서, 이중 증인, 양도 확인으로 굉장한   110
땅 장수였는지도 모르지. 담보물만 가득하던
그 머릿속이 진흙 담보물로 가득 찼으니 이
게 그의 담보 중 최고 담보이며 양도 확인 중
최종 양도 확인이란 말인가? 증인 소환으로
보증될 수 있는 그의 토지 구매는 이중 증인   115
임에도 불구하고 가로 세로 톱니 증서 한 장
크기밖에 안 된단 말인가? 이 상자 속에는
자기의 땅문서조차 다 들어가지 못할 판이
니 매입자 자신은 더 이상 소유하지 말아야
한다, 그 말이지?   120

호레이쇼 한 치도 더 안 됩니다, 왕자님.

햄릿 양피지란 양가죽으로 만든 게 아닌가?

호레이쇼 예, 왕자님. 송아지 가죽도 쓰이지요.

햄릿 거기에서 확실한 소유권을 찾으려는 자들은
양이나 송아지야. 이 친구에게 말이나 걸어   125
볼까.—여봐라, 이게 누구 무덤이냐?

117행상자 관 또는 해골.

광대 1	제 것입니다, 나리.
	(노래) 아, 흙구덩이 하나를 파야지. —
햄릿	진정 네 것이로구나, 네가 그 안에 있으니.
광대 1	나리께선 밖에 있으니 이건 나리 것은 아닙 130
	죠. 저로 말하자면 안에 누워 있진 않지만
	이건 제 것입니다.
햄릿	넌 그 안에 누운 거야, 그 안에 있고 네 것이
	라 말하니까. 그건 산 자가 아니라 죽은 자
	를 위한 거지. 고로 네 말은 거짓이야. 135
광대 1	그건 살아 있는 거짓말입니다, 나리. 그걸 다
	시 받으셔야 되겠습니다.
햄릿	어떤 남자의 묘를 파나?
광대 1	남자가 아닙니다, 나리.
햄릿	그럼 어떤 여잔가? 140
광대 1	그것도 아닙니다.
햄릿	그 안에 누구를 묻을 것이냐?
광대 1	그 사람은 여자였습니다, 나리. 하지만 그 영
	혼은 쉬시라, 그 여잔 죽었어요.
햄릿	이 얼마나 깐깐한 녀석인가. 말을 정확하게 해 145
	야지 재주를 부리다간 큰코다치게 된다고. 정
	말이지 호레이쇼, 지난 삼 년 동안 지켜본 바이
	지만 세상이 어찌나 세련됐는지 농사꾼의 발
	가락이 궁정인의 뒤꿈치에 너무나 바싹 붙어
	앞사람과 뒷사람 사이의 간격이 없어졌어. —네 150

가 묘지기 노릇을 한 지 얼마나 됐느냐?

광대 1   일 년 삼백육십오 일 가운데 돌아가신 햄릿
        왕께서 포틴브래스를 이긴 바로 그날 이 일
        을 시작했습죠.

햄릿   그게 얼마나 오래됐지?   155

광대 1   그걸 모르십니까? 바보들도 다 아는걸요. 그
        게 바로 햄릿 왕자님이 태어나신 날입죠―미
        쳐서 영국으로 쫓겨난 그이 말입니다.

햄릿   응, 그렇구나. 그가 왜 영국으로 쫓겨났지?

광대 1   그야, 미쳤으니까요. 거기서 정신을 차리실   160
        겁니다. 못 차려도 거기선 그게 별 문제가 아
        닙죠.

햄릿   왜?

광대 1   거기선 그게 안 보일 겁니다, 그곳 사람들은
        모두 그이만큼 미쳤으니까요.   165

햄릿   그가 어떡하다 미치게 됐지?

광대 1   참 요상하게 미쳤다고 합디다.

햄릿   어떻게 요상하게?

광대 1   흠, 정신을 잃어버렸기 때문입죠.

햄릿   왜, 그걸 어디다 뒀는데?   170

광대 1   글쎄, 이곳 덴마크에요. 전 이곳에서 교회
        지기로 어―언―간 삼십 년이 됐답니다.

햄릿   사람이 땅속에 누워 얼마나 있으면 썩는가?

광대 1   흠, 죽기 전에 썩지 않았다면―요즘 파묻을

때까지도 못 견디는 매독 걸린 시체가 많으 175
니까요—한 팔구 년쯤 갈 겁니다. 무두장이
는 구 년 갑죠.

햄릿 왜 그가 다른 사람들보다 오래가지?

광대 1 글쎄요, 나리. 그 사람의 가죽은 직업상 너무
나 무두질이 잘돼 오랫동안 물을 막아 주니 180
까요. 그런데 이 물이란 건 이 상놈의 시체
를 썩히는 지독한 놈입죠. 여기 이 해골
이 지금 이십하고도 삼 년을 땅속에 있었던
겁니다.

햄릿 그게 누구였는데? 185

광대 1 상놈의 미친 녀석이었습죠. 누구였다고 생
각하십니까?

햄릿 글쎄, 난 모르겠는데.

광대 1 이 미친 새끼, 염병에나 걸려라! 자식이 한번
은 제 머리에 라인 포도주를 병째 부었습죠. 190
바로 이 해골이 나리, 왕의 어릿광대 요릭의
해골이랍니다.

햄릿 이게? (해골을 받는다.)

광대 바로 그겁니다.

햄릿 안됐다, 불쌍한 요릭. 그를 안다네, 호레이쇼. 195
재담은 끝이 없고 상상력이 아주 탁월한 친
구였지. 자기 등에 나를 수도 없이 업었는데,
지금은—그걸 생각하니 얼마나 몸서리쳐지

는지. 구역질이 나는구먼. 여기에 내가 얼마
나 자주 입을 맞췄는지 모르는 입술이 달렸   200
었지. 좌중을 웃음바다로 만들던 당신의 그
야유, 그 익살, 그 노래, 그 신명 나는 여흥은
지금 어디 있지? 이제 자신의 이 해골 웃음
을 조롱하는 데 쓸 건 하나도 없어? 턱이 아
예 떨어졌어? 이제 마님 방으로 가서 이렇게   205
전해, 화장을 한 치나 두껍게 한들 이런 얼
굴이 될 수밖에 없을 거라고.—부탁인데 호
레이쇼, 하나만 말해 주게.

호레이쇼   뭔데요, 왕자님?

  햄릿   알렉산더 대왕도 땅속에선 이런 모습일 거라   210
고 생각하나?

호레이쇼   물론이지요.

  햄릿   냄새도 이렇고? 퉤!   (해골을 내려놓는다.)

호레이쇼   물론입니다, 왕자님.

  햄릿   호레이쇼, 우린 얼마나 천한 쓰임새로 돌아   215
가나! 흠, 알렉산더 대왕의 고귀한 유골이 술
통 아가리를 막을 때까지 상상으로 추적해
보면 안 될까?

호레이쇼   그런 식으로 고찰하는 건 너무 세밀한 고
찰일 것입니다.   220

203행 해골 웃음 안면 근육이 다 사라져 이를 드러내는 웃음.

햄릿	아닐세, 정말, 전혀 아냐, 이건 그를 아주 절
	도 있게 거기까지 따라가는 것이며 거기에
	도달할 가능성도 있다네. 알렉산더는 죽었
	다. 알렉산더는 묻혔다. 알렉산더는 가루로
	변한다. 가루는 흙이고 그 흙으로 회반죽을 225
	만든다면 왜 그의 변신인 회반죽으로 맥주
	통을 못 막지?
	황제 같은 시저 또한 죽은 다음 진흙 되면
	병아리 바람 마개 되는 수도 있으리라.
	아, 세상을 떨게 하던 그 흙덩이 몸뚱이가 230
	겨울바람 막으려고 벽 구멍을 때우다니.
	근데 잠깐, 근데 잠깐. 국왕과 왕비와
	궁정인들이 오는군.

관을 멘 사람들, 사제, 왕, 왕비, 레어티스 및
수행 귀족들 등장.

	누구 뒤를 따라오지?
	저렇게 약식으로? 이것은 그들이 따르는
	저 시체가 제 목숨을 과격한 손으로 235
	끊었음을 의미하지. 지위깨나 있었군.
	잠시 숨어 지켜보세.
레어티스	또 다른 의식은?
햄릿	저것은 레어티스, 대단한 귀공자야. 잘 보게.

| 레어티스 | 또 다른 의식은? | 240 |

사제　그녀의 장례는 인가받은 한도에서
　　　최고로 치렀어요. 수상쩍은 죽음이고
　　　그래서 왕명으로 관례를 어기지 않았다면
　　　성스럽지 못한 땅에 최후 나팔 그날까지
　　　묵어야 했을 거며, 자비로운 기도 대신　　　245
　　　사금파리, 부싯돌, 조약돌을 맞았을 것이오.
　　　그런데 처녀 화환, 처녀의 조화에다
　　　조종과 절차 따라 안식처에 묻히는 게
　　　허락됐단 말이오.

레어티스　더 이상은 안 되오?

사제　　　　　　　　　　　　더 이상은 안 됩니다.　　　250
　　　그녀에게 평화롭게 떠나간 영혼처럼
　　　엄숙한 진혼가로 안식을 노래하면
　　　장례 예배 모독이오.

레어티스　　　　　　　　　　누이를 묻어라.
　　　그러면 아름답고 깨끗한 그 몸에서
　　　오랑캐꽃 피리라. 이 무정한 사제야,　　　255
　　　당신이 지옥에서 신음할 때 내 누이는
　　　구원의 천사 되리.

햄릿　　　　　　　　　　뭐, 그 고운 오필리어!

왕비　(꽃을 뿌리며) 꽃 위에 꽃이다. 잘 가라.
　　　난 네가 햄릿의 아내 되길 바랐다.
　　　아가야, 네 신방을 꾸며 줄 생각 했지　　　260

무덤에 뿌릴 줄은 몰랐다.

레어티스 　　　　　　　　　　오, 흉악한 행위로

빼어난 네 총기를 빼앗아 간 그놈의

저주받은 머리 위에 삼중의 비탄이

삼십 배로 떨어져라.―잠시 흙을 거두어라,

다시 한번 누이를 품에 안을 때까지. 　　　　265

　　　　　　　　　　(무덤 속에 뛰어든다.)

자 이제, 죽은 자와 산 자 위에 흙을 쌓아

평지 산을 만들어라. 옛 펠리온 아니면

하늘 닿은 저 푸른 올림포스 산정보다

더 높아질 때까지.

햄릿 　　(앞으로 나오며) 자신의 애통함을

이렇게 강조하며 슬픔의 언어로 　　　　270

행성들을 매혹하고 정지시켜 그들이

크게 놀라 듣도록 하는 자가 누구냐?

난 덴마크 나라님 햄릿이다.

레어티스 　악마가 잡아가라! 　　　　(그를 붙잡는다.)

햄릿 　　　　　　　　좋지 않은 기도야.

제발 내 목에서 이 손가락 좀 치워라. 　　　275

267행 펠리온　그리스 신화에 나오는 산 이름. 거인들은 신들이 사는 올림포
스 산을 공략하기 위하여 오사 산 옆에 이 산을 쌓았다고 한다. (아든)
273행 덴마크…햄릿이다　햄릿은 여기에서 자기가 왕위를 이어받을 권리가 있
음을 천명한다.

내가 비록 성급하고 무모하진 않다만

내 몸엔 무언가 위험한 게 있으니까

현명하게 두려워해야지. 손을 떼라.

왕   저들을 떼 놓아라.

왕비   햄릿! 햄릿!

모두   신사분들!

호레이쇼 왕자님, 진정하십시오.   280

햄릿   아니, 나는 이 문제라면 그와 싸울 것이다,

눈썹조차 까딱하지 않게 될 때까지.

왕비   오 아들아, 그게 무슨 문제냐?

햄릿   난 오필리어를 사랑했다. 사만의 오빠가

그들의 사랑을 모조리 다 합쳐도   285

내 것만 못하리라. 그녀에게 뭘 할 거냐?

왕   오 그는 미쳤다, 레어티스.

왕비   제발 그를 그냥 두게.

햄릿   빌어먹을, 어쩔 건지 보여 달란 말이다.

울 테냐, 싸울 테냐, 굶을 테냐, 네 몸을

찢을 테냐,   290

식초를 마실 테냐, 악어를 먹을 테냐?

274행 무대 지시문, 그를 붙잡는다 이 장면은 두 가지 방법으로 연출할 수 있다. 전통적으로는 햄릿이 앞의 대사를 마친 후 무덤 속으로 뛰어들어 레어티스 와 맞붙는다. 그러나 뉴케임브리지 편집자는 '햄릿이 무덤으로 다가오는 것 을 보고 레어티스가 밖으로 튀어나와 아버지를 죽인 그에게 달려드는' 방법 을 제안한다.

나도 그리하겠다. 하소연하려고
무덤에 뛰어들어 도전하려 여기 왔어?
산 채로 그녀와 묻힌다면 나도 하마.
산 이름을 떠벌릴 것이라면 우리 위에   295
억만 톤의 흙을 덮자. 이 땅이 머리를
태양에 그을리고 오사 산이 작아져
사마귀가 될 때까지. 그래, 네가 떠벌린다면
나도 열변 토하마.

왕비   이것은 순전히 광기일 뿐
이 같은 발작이 잠시 지속되다가   300
곧 그의 침묵은 금빛 새끼 한 쌍을 까 놓은
비둘기 암컷처럼 차분하게 자리 잡고
잠잠해질 것이네.

햄릿   내 말 좀 들어 봐.
자넨 무슨 이유로 날 이렇게 대접하지?
난 항상 자네가 좋았어. 하지만 상관없어.   305
헤라클레스 자신이 뭔 일을 하더라도
고양이는 울 것이고 개는 때를 만날 거다.

                                          (퇴장)

왕 호레이쇼, 부탁인데 제발 그를 돌봐 주게.

                                 (호레이쇼 퇴장)

306~307행 헤라클레스…거다 흥분했던 햄릿은 이제 마음의 평정을 되찾았으
며 여러 가지 해석을 할 수 있는 특징적인 수수께끼를 남기고 퇴장한다.

(레어티스에게)

지난밤 얘기대로 더욱더 침착해라.

내가 곧 그 일을 행동으로 옮기겠다.—   310

거트루드, 아들에게 감시 좀 붙이시오.

이 묘지에 길이 남을 기념비를 세우리다.

머지않아 우리는 안정을 찾을 거고

그때까진 일 처리를 차분하게 할 것이오.

(함께 퇴장)

5막 2장
햄릿과 호레이쇼 등장.

햄릿   그건 그쯤 해 두고. 이제 딴 걸 들어 보게.

자넨 모든 상황을 분명히 기억하지?

호레이쇼   기억하죠, 왕자님!

햄릿   이보게, 난 모종의 가슴속 싸움으로

잠을 못 이뤘어. 나는 내 상태가 족쇄 찬   5

폭도보다 못하다고 생각했지. 성급하게—

성급함도 칭찬할 일이지, 장고가 빗나갈 땐

312행이…세우리다 거투루드에게는 영원한 기념물을 만들겠다는 뜻으로, 레어
티스에게는 햄릿의 죽음을 기념하는 비를 세우겠다는 뜻으로 들릴 수 있다.
5막 2장장소 엘시노어 왕성.

무모함이 때로는 큰 도움이 된다는 걸
알아야 하니까. 그리고 거기서 배워야지,
우리는 목표물을 대충 깎고 그 완성은   10
신이 한단 사실을—

호레이쇼   그건 아주 분명하죠.

햄릿   선실에서 일어나
바다 옷을 휘감아 걸치고 그들을 찾으려
어둠 속을 헤매다가 소원을 이루고
그들의 꾸러미를 슬쩍한 뒤 결국엔   15
나만의 방으로 되돌아와 대담하게
두려움 때문에 예절도 잊은 채
그들의 중대 지령 뜯어 봤지. 거기에서
내가 알게 된 것은 호레이쇼—아,
    왕의 악행!—
정확한 명령이야. 덴마크 그리고 영국 왕의   20
건강과 연결된 갖가지 잡다한 이유와
호오! 내 목숨이 불러올 악귀와 도깨비를
여러 마리 열서하고, 읽자마자 지체 없이
아니지, 도끼날도 세우려 하지 말고
내 머릴 자르라는 말이었네.

호레이쇼   그럴 수가?   25

햄릿   지령이 여깄으니 짬 날 때 읽어 보게.
하지만 이제는 내가 어떡했는지 듣겠나?

호레이쇼   간청합니다.

햄릿	이렇게 사방으로 흉계에 걸렸을 때—
	머리말을 떠올리기도 전에 내 두뇌가 30
	연극을 시작했어.—난 자리에 앉아서
	새 지령을 구상하고 매끈하게 그걸 썼지—
	나도 한땐 이 나라 정객들이 그리하듯
	매끈한 필체를 속되다 여기고
	어떻게 그 공부를 잊을까 힘깨나 썼었지. 35
	하지만 이젠 그게 충복의 역할을 해 줬어.
	뭐라고 썼는지 알고 싶나?
호레이쇼	예, 왕자님.
햄릿	국왕이 보내는 진지한 탄원인데
	영국이 자신의 충실한 속국이고
	그들의 우정이 종려처럼 번성하며 40
	평화가 언제나 풍요의 화환 쓰고
	둘 사이의 친목에 다리가 되어야 한다는 등
	비슷하게 막중한 이유를 많이 들고
	이 내용을 읽어 보고 알게 되는 그 즉시
	더 이상의 논란 없이 휴대한 자들을 45
	참회할 시간조차 주지 말고 갑자기
	죽이라고 말했지.
호레이쇼	어찌 봉인하셨지요?
햄릿	글쎄, 바로 그것조차도 하늘이 보살폈어.
	덴마크 옥새의 원본인 부친의 인장이
	내 지갑에 있었다네. 나는 그 서찰을 50

꼭 같은 형태로 접어서 서명하고 도장 찍어
바꿔친 건 절대 몰래 감쪽같이 갖다 뒀지.
그러다가 그다음 날 해전이 벌어졌고
연이어 일어난 일들은 자네가 이미 다
알고 있는 것들이야.   55

호레이쇼   그럼, 길든스턴과 로젠크랜츠는 갔군요.
햄릿   아니 이봐, 이 임무는 그들이 자원했어.
그들은 내 양심에 거리끼지 않는다네,
자기들이 교묘히 빌붙다가 파멸했어.
저급한 인간들이 두 막강한 적대자가   60
독이 올라 주고받는 칼 틈에 껴드는 건
위험한 일이지.

호레이쇼   허, 뭐 이런 왕이 있나!
햄릿   자넨 어찌 생각하나? 내가 해야 할 일로서—
나의 왕을 시해하고 어머닐 더럽히고
내 희망과 국왕 선출 사이에 불쑥 끼고   65
내 목숨을 노리고 이따위 속임수로
낚시를 던진 자를—이 손으로 보내는 게
양심상 완벽하지 않겠어? 또 이런
암적인 존재가 계속 악을 범하도록 놔두면
저주받지 않겠어?   70

호레이쇼   영국에서 그쪽 일의 결과가 어땠는지
머지않아 그에게 알려 올 것입니다.
햄릿   멀지는 않을 테지. 그 짬은 내 것이야.

인간의 삶이란 '하나' 하면 끝나니까.
하지만 호레이쇼, 내가 레어티스에게   75
이성을 잃은 건 대단히 유감이네.
왜냐하면 내 처지로 미루어 보았을 때
그 심정을 아니까. 용서를 구하겠네.
근데 분명 그의 휘황찬란한 비탄에
내 격정이 치솟았지.

호레이쇼   어, 이리 온 게 누구죠?   80

궁정인 오스릭 등장.

오스릭 왕자님의 귀국을 충심으로 환영하옵니다.
햄릿 대단히 고맙네.—자네 이 똥파리를 아는가?
호레이쇼 모릅니다, 왕자님.
햄릿 그게 한결 축복받은 처지야, 그를 안다는 건
죄악이니까. 저자는 비옥한 땅을 많이 가졌   85
어. 수많은 짐승의 주인이면 짐승 같은 놈이
라도 자기 여물통을 왕의 식탁에 올려놓을
수 있지. 촌놈이지만 말했듯이 흙은 넓게 소
유했어.
오스릭 왕자님, 한가로우시다면 전하께서 알려 주라   90
고 하신 게 있사옵니다.
햄릿 그걸 받겠네, 정신을 바짝 차리고 말일세. 모자
를 올바른 용도로 써야지, 머리를 위한 건데.

오스릭 감사합니다, 왕자님. 아주 더워서요.

햄릿 아니, 정말 대단히 추운데. 북풍이 불고 있어. 95

오스릭 사실이지, 꽤 춥습니다, 왕자님.

햄릿 그렇지만 내 체질엔 아주 텁텁하고 덥다고
생각되는데.

오스릭 굉장히요, 왕자님, 아주 텁텁한데요, ─이
를테면─그 정도는 알 수 없죠. 왕자님, 전 100
하께서 제게 말씀하시기를 왕자님을 두고 큰
내기를 걸었으니 알려 주라 하셨습니다. 저,
그 내용은─

햄릿 (모자를 머리에 쓰라고 신호를 보내며) 잊어버리
진 말고─ 105

오스릭 예 왕자님, 제 편의상, 정말입니다. 저, 최근
에 레어티스 공께서 궁정에 왔는데─정말이
지 완벽한 신사로서 아주 빼어난 자질과 아
주 부드러운 예법과 멋진 외모로 가득하답니
다. 정말이지, 엄격히 말하자면 그는 신사도 110
의 좌표 또는 장부랍니다. 왕자님께선 신사
가 보고 싶어 하는 모든 것의 집합체를 그에
게서 찾아내실 테니까요.

햄릿 이보게, 자네가 그를 설명하는 데 빠진 건 없
네. 물론 그를 조목조목 나누어 따져 보려면 115
산술 기억력에 혼란이 올 것임을 알지만, 그
럼에도 불구하고 그의 배가 빠르다고 우왕좌

왕하지는 말아야지. 하지만 진실로 칭송컨대 난 그를 대단한 물건으로, 또 그의 품질은 참 으로 희귀하다고 간주하므로 참된 언어로 120 그를 표현하자면 그와 유사한 자는 그의 거 울이고 그의 뒤를 밟을 자는 그의 그림자밖 엔 없지 않겠는가.

오스릭 그에 대해 아주 빈틈없이 말씀하십니다.

햄릿 관련성은? 우리가 왜 이 신사를 우리같이 덜 125 세련된 입에 올리지?

오스릭 예?

호레이쇼 다른 말을 쓰시면 이해할 수 있지 않을까요? 분명 그렇게 해 주실 겁니다.

햄릿 이 신사를 거명하는 까닭이 무엇인가? 130

오스릭 레어티스요?

호레이쇼 그의 지갑이 벌써 비어 버렸습니다. 황금 언 어를 다 써 버렸군요.

햄릿 그를 말함이네.

오스릭 무지하지 않으신 줄 아옵니다만— 135

햄릿 그렇게 알아주면 좋겠네. 하긴 정말 그렇게 해 줘도 내 마음에 썩 들진 않겠지만. 자, 그 래서?

오스릭 레어티스 공이 얼마나 뛰어난지에 대해 무지 하지 않으시— 140

햄릿 그건 감히 고백하지 않겠네, 그와 나를 우수

성에 있어서 비교하지 않으려면 말일세. 하
지만 다른 사람을 잘 안다는 건 자기를 안다
는 말이지.

오스릭 제 뜻은 그의 무기 사용이었는데. 하지만 그   145
가 상대하는 이들의 평가에 의하면 그는 견
줄 사람이 없다고 합니다.

햄릿   그의 무기는 뭔가?

오스릭 세검과 단검입니다.

햄릿   그의 무기 가운데 두 가지군. 그런데.   150

오스릭 왕자님, 국왕께선 그에게 바바리 말 여섯 필
을 거셨고, 이에 대해 그는 제가 알기로 프랑
스제 세검 및 단검 여섯 자루를 그에 딸린
혁대, 검고리 등과 같은 부속품들과 함께 잡
혔습니다. 그중 운반틀 셋은 사실 취향이 아   155
주 만족스럽고 칼자루와 썩 잘 어울리며 아
주 정교한 운반틀인 데다 아낌없이 재간을
부린 것이옵니다.

햄릿   무엇을 운반틀이라 하는지?

호레이쇼 머지않아 왕자님께서 여백의 주를 읽고 가르   160
침을 받아야 되실 줄 알았습니다.

오스릭 운반틀이란 왕자님, 검 고리이옵니다.

햄릿   그 단어는 우리가 대포를 옆구리에 차고

151행 바바리 말 당시 높이 평가되었던 아라비아 말. (뉴케임브리지)

운반할 수 있다면 더 사실에 부합하겠구 165
먼.—그때까진 검 고리이면 좋겠네. 하지만
계속하게. 바바리 말 여섯 필을 상대로 프랑
스제 검 여섯 자루 및 부속품과 아낌없이 재
간을 부린 운반틀 셋이라—이건 덴마크 대
프랑스 식 내기로군. 이런 걸 왜 자네 말마따
나—잡혔지? 170

오스릭   왕자님, 국왕께선 두 분이 열두 번을 싸
울 경우 왕자님에 대한 그의 가격이 세 번
을 넘지 못할 거라고 내기를 거셨습니다. 구
대 십이로 내기를 거셨지요. 그리고 왕자님
께서 답을 주시면 당장 시합에 들어갈 것이 175
옵니다.

햄릿   내가 못 하겠다고 답하면?

오스릭   왕자님, 제 말은 시합에서 몸소 대적하신다
는 뜻이옵니다.

햄릿   이보게, 난 여기 큰 방 안을 걷고 있겠네. 전 180
하만 괜찮으시면 하루 중 이때는 내 연습 시
간이네. 수련검을 가져오도록 하게, 그 신사
분이 원하고 왕께서 결심을 지키신다면 난
왕을 위하여 이길 것이며 이길 수 있다네. 못
이긴다면 수치심과 몇 대 더 얻어맞는 게 고 185
작일 테지.

오스릭   그렇게 전해 드릴까요?

햄릿   그런 취지로. 자네의 성향에 맞는 어떤 미사
        여구를 쓰든지 간에.

오스릭   왕자님께 경의를 표하옵나이다.   190

햄릿   자네에게.   (오스릭 퇴장)
        자기에게 표하는 건 잘하는 일이지, 자기를
        위해 그래 줄 사람은 아무도 없으니까.

호레이쇼   이 조숙한 댕기물떼새는 알껍데기를 쓴 채로
        달아났습니다.   195

햄릿   저 친구 분명 젖 빨기 전에 젖꼭지에게 인사
        부터 했겠어. 그래서 그는—또 이 찌꺼기 같
        은 시대가 편애하는 많은 비슷한 패거리들
        은—요즈음 유행어와 습관적인 만남으로부
        터 일종의 거품 같은 허풍을 배운 다음 엄선   200
        되고 정선된 의견을 가진 사람들 사이를 그
        야말로 완벽하게 뚫고 다닌다네. 하지만 그
        들을 시험 삼아 불어 보기만 하면 거품은 날
        아가 버리지.

귀족 한 사람 등장.

194행 댕기물떼새 이 새는 알에서 깨어난 지 채 몇 시간도 지나지 않아 둥지 밖으로 나간다는 점에서 특이하다고 한다. 그래서 '댕기물떼새처럼 알껍질을 쓴 채로 도망갔다.'라는 말은 설익은 젊은이의 전형을 나타내는 속담이다. (아든)

귀족   왕자님, 전하께서 젊은 오스릭을 통해 전갈   205
을 보내셨고 그가 되돌아와 왕자님께서 복도
에서 기다리신다 했습니다. 전하께서는 저를
보내시어 왕자님께서 레어티스와 시합을 하
실 의향인지 아니면 시간이 더 필요한지 알
아보라 하셨습니다.   210

햄릿   내 의도는 변함없으니 국왕의 뜻을 따르겠
네. 그분이 문제없으시다면 난 준비되었네.
지금 혹은 언제라도, 단, 내가 지금처럼 활력
이 있다면.

귀족   국왕과 왕비와 모든 분들이 내려오십니다.   215

햄릿   때마침 잘됐군.

귀족   왕비께서는 시합에 들어가기 전에 왕자님께
서 레어티스 공에게 예의를 좀 표했으면 하
십니다.

햄릿   온당한 충고를 하셨네.   (귀족 퇴장)   220

호레이쇼   지실 것입니다, 왕자님.

햄릿   난 그렇지 않다고 생각해. 그가 프랑스로 간
뒤에도 난 계속 연습했어. 주어진 점수 차로
이길 거야. 자넨 여기 내 맘속의 모든 게 얼
마나 안 좋은지 상상도 못 할 걸세.─하지만   225
상관없어.

호레이쇼   하지만 왕자님.

햄릿   기우일 뿐이야. 여자라면 아마 신경 쓸지도

모르는 그런 종류의 걱정거리이지.

호레이쇼 뭐든지 마음에 걸리면 그에 따르십시오. 제 230
가 아곳으로 오시는 분들을 막고 왕자님이
준비가 안 됐다고 말씀드리지요.

햄릿 전혀 그럴 것 없네. 우린 전조를 무시해. 참새
한 마리가 떨어지는 데도 특별한 섭리가 있
잖은가. 갈 때가 지금이면 아니 올 것이고 아 235
니 올 것이면 지금이겠지. 또 지금이 아니라
도 오기는 할 것이고. 마음의 준비가 최고야.
누구도 자기가 남기는 게 무엇인지 모르는데
일찍 떠나는 게 대수란 말인가? 내버려 두게.

탁자가 준비된다. 나팔수, 고수, 쿠션을 가진 관리들,

왕, 왕비, 레어티스, 오스릭, 귀족들과

수련검 및 단검을 든 시종들 등장.

왕 자 햄릿, 내가 주는 이 손을 잡아라. 240
       (레어티스의 손을 햄릿 손에 쥐어 준다.)

햄릿 이보게, 용서해 주게나. 자네에게 잘못했어.
하지만 자네는 신사이니 용서하게.
내가 심한 착란으로 어떤 벌을 받는지

233~235행참새…있잖은가 마태복음 10장 29절.
239행내버려 두게 오는 사람들을 막지 말게.

여기 있는 분들은 다 알고 자네도 틀림없이
들었겠지.   245
자네의 효성과 명예와 그리고 반감을
거칠게 일깨웠을 내 행동은 광기였다는 걸
여기서 공표하네. 햄릿이 레어티스에게
잘못을 범했다고? 햄릿은 절대 아냐.
햄릿이 자신으로부터 납치를 당하여   250
그 자신이 아닐 때 레어티스에게 잘못하면
그것은 햄릿이 한 게 아냐. 햄릿은 부정하네.
그럼 누가 한 짓이지? 그 사람의 광기가.
그렇다면 햄릿은 해를 입은 쪽이며
광기가 불쌍한 햄릿의 적이라네.   255
자, 이 증인들 앞에서
의도된 악행을 내가 부인할 테니
너그러운 마음으로 나를 해방시키고
지붕 넘어 쏜 화살로 내가 내 형제를
다쳤다고 여겨 주게.

레어티스   이러한 경우에   260
복수심을 가장 자극하는 건 효성인데
그 점에선 만족이오. 하지만 명예에 관해선
거리를 두고서 이름을 상하지 않기 위해
명망 있는 스승들로부터 화해를 권하는
발언과 선례를 들을 때까지는   265
아무 타협 않겠소. 하지만 그때까진

왕자님의 호의를 호의로 접수하고
저버리지 않겠소.

햄릿   흔쾌히 승낙하고
형제간의 이 내기를 맘 편히 겨루겠네.―
수련검을 가져오라.   270

레어티스 자, 나도 하나.

햄릿 레어티스, 자네를 빛내 주지. 내가 무지하니까
자네의 재주는 가장 짙은 밤중의 별처럼
확실히 타오를 것이야.

레어티스   저를 조롱하십니다.

햄릿 아닐세, 이 손에 맹세코.   275

왕 오스릭, 둘에게 수련검을 주어라. 햄릿 조카,
내기를 알고 있지?

햄릿   아주 잘 압니다, 전하.
전하께서 약한 쪽에 점수 차를 두셨지요.

왕 걱정하지 않는다. 두 사람을 봐 왔어.
근데 그가 낫다니까 점수 차를 두었다.   280

레어티스 이건 너무 무겁소. 다른 것 좀 봅시다.

햄릿 난 좋은데. 검들의 길이는 다 같은가?

오스릭 예, 왕자님.   (둘은 경기를 준비한다.)

포도주 잔을 든 하인들 등장.

왕 포도주 잔들을 저 탁자에 올려놔라.

햄릿이 첫 번째나 두 번째로 득점하면   285
아니면 세 번째 회전에서 한 점을 만회하면
흉벽 위의 대포를 모두 다 발사하라.
국왕이 햄릿의 활력 위해 건배할 것이며
잔 속에는 덴마크 왕들이 사대에 걸쳐서
왕관에 매달았던 것보다 더 화려한   290
합진주를 빠뜨리겠노라.─술잔을 이리 줘.─
그리고 고수는 나팔수에게 고하라.
그리고 나팔수는 밖에 있는 포수에게
대포는 하늘에게, 하늘은 땅에게 고하라,
'왕이 지금 햄릿 위해 마신다.'고. 시작하라.   295

(그동안 나팔 소리)

그리고 판관들은 한눈팔지 말도록.

햄릿   자, 덤비게.

레어티스   갑니다, 왕자님.   (둘이 경기한다.)

햄릿   일 점.

레어티스   아닙니다.   300

햄릿   판정은?

오스릭   일격, 아주 분명한 일격입니다.

레어티스   그럼, 다시.

291행 합진주 특별한 진주의 이름. 원문에 '합일'이란 뜻이 있기 때문에 이렇
게 옮겼다. 이 단어는 351행에서 햄릿이 왕에게 강제로 남은 독주를 먹일
때 신랄하고 냉소적인 효과를 발휘한다.

왕 멈춰라, 술을 다오. 햄릿, 이 진주는 네 것이다.
　　네 건강을 위하여!

　　　　　　　　　(북소리. 나팔 소리. 대포 발사)

　　　　　　　　　그에게 잔을 줘라.　　　　　　305

햄릿 먼저 이 한판을 치르고요. 잠시 뒤라.
　　덤비게.　　　　　　　(그들은 다시 경기한다.)
　　또 일격. 안 그런가?

레어티스 정말 인정합니다.

왕 왕자가 이기겠다.

왕비 　　　　　　　　　저 애가 땀나고 숨찼어요.　305

　　햄릿, 이 손수건 받아서 이마를 닦아라.
　　왕비가 행운을 빌면서 마시겠다, 햄릿.

햄릿 고맙습니다.

왕 거트루드, 마시지 마오.

왕비 마실게요, 전하, 용서해 주십시오.　　　　　315

　　　　　　　　(술을 마시고 잔을 햄릿에게 내민다.)

왕 (방백) 저것은 독배인데. 이미 너무 늦었다.

햄릿 아직 감히 못 마셔요, 마마―잠시 후에.

왕비 자, 얼굴을 닦아 주마.

레어티스 전하, 이제 그를 찌르겠습니다.

304~305행 햄릿…위하여　왕은 진주를 높이 들고 햄릿의 건강을 위하여 먼저
축배를 든다. 그런 다음 그 진주 형태의 독이 든 알약을 잔 속에 빠뜨린다.
(뉴케임브리지)

왕	안 될걸.
레어티스	(방백) 그래도 이건 꽤나 양심에 걸리는군. 320
햄릿	삼 회전에 나오게, 레어티스. 장난만 치는군.
	부탁이야, 최대한 격렬하게 찔러 보게.
	버릇없는 애처럼 나를 볼까 염려되네.
레어티스	그래요? 덤비시오. (둘이 경기한다.)
오스릭	양쪽 모두 영점이오. 325
레어티스	이제 맛 좀 봐라. (레어티스가 햄릿을 다
	치고 난투 중 그들은 칼을 바꿔 쥔다.)
왕	저들을 떼어 놔라, 흥분했다.
햄릿	아니, 다시 덤벼.
	(그가 레어티스를 다친다. 왕비가 쓰러진다.)
오스릭	저기, 왕비를 돌봐 드려, 중지!
호레이쇼	양편 모두 피 흘리오. 괜찮아요, 왕자님? 330
오스릭	괜찮아요, 레어티스?
레어티스	허, 멧도요처럼 내 덫에 걸렸다네, 오스릭.
	내가 배신했기에 당연히 죽는다네.

326행 이제…봐라 이 비극의 위기를 어떻게 연출해야 할지에 대한 단서는 어디에도 없는 듯하다. 무대의 관례로는 보통 4회전에서 준비가 안 된 햄릿에게 레어티스가 돌진하여 끝 곧고 독 묻은 칼로 가벼운 상처를 입힌다. 무언가 술수가 있음을 눈치 챈 햄릿이 격렬한 칼싸움을 벌린 후 레어티스의 칼을 떨어뜨리고 그것을 집어 들어 독이 묻어 있음을 안다. 때로는 햄릿이 잔인하게 자신의 수련검을 레어티스에게 내민다. 그러고는 햄릿이 레어티스에게 상처를 입힐 때까지 칼싸움이 계속된다. (뉴케임브리지)

햄릿	왕비는 어떠신가?
왕	피를 보고 졸도했다.
왕비	아냐, 아냐. 저 술, 저 술! 오, 내 아들 햄릿! 335
	저 술, 저 술! 난 독살됐다. (죽는다.)
햄릿	오, 악행이다! 여봐라, 문을 닫아걸어라.
	배신이다! 찾아내라. (오스릭 퇴장)
레어티스	그건 여기 있습니다. 왕자님은 살해됐소.
	이 세상 어떤 약도 소용이 없습니다. 340
	그 몸 안엔 반시간의 생명도 안 남았소.
	배신의 흉기는 왕자님 손 안에 있습니다,
	끝 곧고 독 묻은 채. 흉계가 저 자신에게
	되돌아온 거지요. 보십시오, 전 쓰러져
	다시는 못 일어납니다. 모친께선 독살됐소. 345
	이제는 기운이 없군요. 왕―왕의 책임입니다.
햄릿	칼끝에 독이라고! 그럼, 독이여 퍼져라.
	(왕을 다친다.)
모두	반역이다! 반역이다!
왕	오, 보호해 주시오 여러분. 다쳤을 뿐이오.
햄릿	옜다, 이 근친상간하고 살인하고 영벌받은 350
	덴마크 왕 놈아, 이 독배를 비워라.
	네가 말한 합진주가 여깄느냐?
	어머닐 따라가라. (왕이 죽는다.)
레어티스	그는 죽어 마땅하오.
	그것은 그가 몸소 준비한 독약이오.

용서를 나눕시다, 햄릿 왕자님.   355
저와 제 부친 죽음, 그대 탓이 아니고
그대의 죽음 또한 제 탓이 아니기를. (죽는다.)

햄릿   하늘이 용서해 주기를! 나도 그대 따르리라.
난 죽었네, 호레이쇼. 딱한 마마, 안녕히.
이 사태에 창백하게 떨면서 벙어리들처럼   360
이 막을 관람만 하고 있는 여러분께
시간만 있다면—이 냉혹한 저승사자, 죽음이
어김없이 잡아가니—오, 말할 수 있는데—
하지만 관두지요. 호레이쇼, 난 죽었네,
자넨 살고. 궁금한 이들에게 나와 내 명분을   365
올바로 전해 주게.

호레이쇼   절대 그리 못 합니다.
전 덴마크인보다는 고대 로마인입니다.
여기 아직 독이 좀 남았군요.

햄릿   자네는 사나이니
그 잔을 내게 주게. 놔, 빼앗고 말 테야.
오 이런, 호레이쇼, 사태를 이렇게 덮어 두면   370
내 이름에 얼마나 큰 상처가 남겠는가!
자네가 날 마음속에 품은 적이 있다면
천상의 열락일랑 잠시 동안 미뤄 두고

367행 고대 로마인 가치 없는 삶보다 자살을 선택한 로마 사람들. 카토와 브
루투스 같은 사람들이 대표적인 예이다.

이 험한 세상에서 고통 속에 숨을 쉬며
내 사연을 말해 주게.

                (멀리서 행진곡, 안에서 포성)

                    저 무슨 포성인가?   375

                    오스릭 등장.

오스릭   폴란드를 정복하고 되돌아오는 길에
            포틴브래스 왕자가 영국 사신들에게
            요란한 예포를 쏩니다.

햄릿   오, 난 죽네, 호레이쇼.
            강한 독이 내 기를 완전히 꺾어 놨어.
            영국 소식 듣기까지 살 수는 없지만   380
            포틴브래스의 선출을 미리 말해 두겠네,
            죽어 가는 내게서 지지를 받았어.
            그렇게 알려 주게, 그런 결정 재촉한
            크고 작은 일과 함께—그 나머진 침묵이네.

                            (죽는다.)

호레이쇼 고귀한 심장이 이제야 터졌구나.   385
            사랑하는 왕자님, 고이고이 잠드소서.
            천사 노래 들으시며 안식처로 가소서.

                        (안에서 행진곡)

            고수들이 왜 이리로 오는 걸까?
                포틴브래스, 영국 사신들,

그리고 북과 군기를 든 군인들 등장.

포틴브래스   이 참경은 어딨느냐?

호레이쇼   무얼 보시렵니까?

슬픔이나 경악이면 찾기를 멈추시오.   390

포틴브래스   이 시체 더미는 살육을 외친다. 오만한 죽음아,

영원한 네 암실에서 무슨 잔치 벌이려고

이 많은 왕족들을 이리도 무참하게

일격에 쓰러뜨렸느냐?

사신 1   끔찍한 광경이오.

그리고 우리의 영국 업무 보고는   395

너무 늦게 도착했소. 그의 명을 실행했고

로젠크랜츠와 길든스턴은 죽었단 얘기를

들어 주실 그분 귀는 감각을 잃었군요.

고맙단 말씀은 어디서 듣지요?

호레이쇼   그의 입은

고맙다 할 생명이 있다 해도 아닙니다.   400

그는 결코 그들의 죽음을 명하지 않았소.

근데 이 피비린 문제에 시의도 적절하게

당신은 폴란드 전쟁에서 그리고 당신은

영국에서 당도하셨으니 명을 내려

시신들을 전망 좋은 높은 단에 올려놓고   405

391행죽음 의인화된 죽음. 죽음의 신.

아직도 모르는 세상 사람들에게 이런 일이
어떻게 생겼는지 설명하게 해 주시오.
그러면 음탕하고 잔혹하며 천륜을 어긴 행위,
우연 천벌, 우발 살인, 간계와 술책으로
빚어진 죽음과, 또 이번 결말에서   410
목표가 빗나가 모사꾼의 머리를 맞춘 일도
들으시게 될 겁니다. 제가 이 모든 걸
진실되게 전달할 수 있습니다.

포틴브래스   서두시오.

최고위 귀족들도 청중으로 부르시오.
나로서는 이 행운을 슬프게 껴안겠소.   415
나는 이 왕국에 기억 속의 권리가 있는데
이 호기를 맞아서 그걸 주장하겠소.

호레이쇼   그 문제에 대해서도 말씀드릴 겁니다,
지지를 더 끌어올 그분 입을 빌려서.
하지만 사람들 마음이 격앙된 바로 이때   420
이 일을 곧 실천에 옮기도록 해 주시오,
음모와 과실에 더하여 더 많은 불상사가
생기지 않도록.

포틴브래스   네 명의 부대장이
햄릿을 무사처럼 단상으로 운반하라.
왜냐하면 그가 만약 직을 수행했더라면   425
최고의 왕이 됐을 테니까. 그리고
이분의 서거를 기리는 군악과 군례를

소리 높이 울리도록.
시신을 들어라. 이와 같은 광경은
전장에나 어울리지 여기선 흉하구나.　　　430
나가서 병사들이 조포를 쏘게 하라.

> (시신을 메고 행군하며 모두 퇴장한 후
>
> 여러 발의 조포가 울린다.)

작품 해설

햄릿의 복수

윌리엄 셰익스피어(1564~1616)는 『티투스 안드로니쿠스』(1593~1594)를 시작으로 『아테네의 티몬』(1607~1608)까지 총 10편의 비극을 썼다. 이들 비극은 그 내용이 다양하여 한마디로 정의하기는 어렵다. 그러나 이들이 비극으로 분류되는 이유는 적어도 두 가지 공통 요소를 갖추고 있기 때문이다. 우선 이들은 우리 관객이나 독자들에게 전체적으로 기쁨보다는 슬픔을 준다. 그 슬픔의 성격이 단순하거나 복잡할 수도 있고 그 정도가 약하거나 강할 수도 있지만 어쨌든 우리의 마음을 가라앉히기 들뜨게 하지는 않는다. 둘째, 극의 시작은 비록 가볍거나 희극적일 수 있어도 그것은 곧 타협할 수 없는 갈등으로 치닫고 결국에는 주인공의 죽음으로 마무리된다. 비극의 두 핵심 요소 가운데 하나인 죽음이란 공통분모를 통하여 간

략하게 해설해 보기로 하자.

『햄릿』(1600~1601)에서는 여섯 명의 등장인물이 죽는다. 그들을 죽는 순서대로 말하면 폴로니우스, 오필리어, 거트루드, 클라우디우스, 레어티스 그리고 햄릿이다. 이 가운데 3막 4장에 나오는 폴로니우스의 죽음은 햄릿을 복수하는 아들에서 복수의 표적이 되게 만드는 결정적인 사건이다. 햄릿은 폴로니우스를 죽임으로써 그의 아들인 레어티스의 원한을 불러일으키고 결국에는 자신의 죽음을 피할 명분이 없어지게 된다. 자신은 자기 아버지를 죽인 원수, 클라우디우스의 죽음을 추구하면서 그와 같은 처지에 놓인 레어티스에게는 그 일을 하지 마랄 수는 없기 때문이다. 그에 따라 레어티스와 햄릿은 극의 결말에 벌어지는 검술 시합에서 맞붙어 서로를 죽이고 죽는다.

그런 다음 4막 7장에 나오는 오필리어의 죽음은 우선 그녀의 오빠인 레어티스의 복수심을 강화한다. 그는 자기 아버지 폴로니우스의 죽음 때문에 오필리어가 미쳤다고 여긴다. 그런 오필리어가 이제 죽었다. 그런데 아버지를 죽인 자가 바로 햄릿이기 때문에 햄릿은 오필리어가 죽은 간접적인 원인 제공자이다. 하지만 관객들은 오필리어의 죽음에서 오빠인 레어티스의 슬픔에 공감하기보다는 그녀를 매정하게 버린 햄릿의 행동을 더 많이 떠올린다. 햄릿 말고는 누구에게서도 자신의 진실된 사랑을 인정받지 못했던 오필리어, 그래서 그녀를 죽게 한 책임의 대부분은 햄릿에게 있는 셈이다. 자기의 애인이 자기 아버지를 죽였다, 비록 그것이 우발적인 살인이라 할지라도. 그리고 그 애인은 "난 오필리어를 사랑했다. 사 만의 오빠가/그들의 사랑을 모조리 다 합쳐도/내 것만 못하리라"(5.1.284~286)라고 호언한다. 그런데 오필리어에게 이 두 사실은 양립하기 힘들고, 그 둘 사이에서 고민하던 그녀는 미쳤고 결국 사고인지 자살인지 불분명한 상황에서 물에 빠져 죽는다. 오필리어의 죽음은 이렇게 햄릿과 깊이 연관되어 있다. 그리고 남은 두 사람, 거트루드와 클라우디우스의 죽음은 오필리어의 것보다 햄릿과 훨씬 더 밀접하게 연관되어 있다. 거트루드는 빠른 재혼으로 그것도 시동생과의 결혼으로 햄릿이 이 세상만사에 절망하여 자살하고 싶게 만든 장본인이고, 클라우디우스는 햄릿의 아버지를 독살하고 그의 어머니와 결혼한 삼촌으로 자기 아버지의 원한을 갚아야 할 대상이다. 따라서 극중의 모든 죽음은(햄릿이 클라우디우스의 밀서를 조작하여 사지로 보낸 로젠크랜츠와 길든스턴을 포함하여) 모두 이 극의 주인공인 햄릿과 직접 연관되어 있으며, 이 극의 핵심 주제는 결국 햄릿이 왜 클라우디우스를 죽이고 본인도 죽는지 그 이유와 의미를 펼쳐 보이는 과정에서 드러난다.

『햄릿』의 핵심 주제는 복수이다. 그러나 이는 형식상의 주제이고 내용상으로 이 작품의 핵심 주제는 복수심과 양심의 대결이다. 그리고 양심은 복수를 지연시키는 힘으로서 무의식적인 행위로 나타나고 복수심은 살인을 실행시키는 힘으로서 의식적인 행위로 나타난다. 또한 복수심은 햄릿을 죽음으로 몰아가는 힘을 대표하고 양심은 그가 삶을 유지할 수밖에 없게 만드는 힘을 대표한다. 이런 맥락에서 이 극의 핵심 주제는 삶과 죽음의 문제, 즉 존재의 문제라고도 할 수 있다. 그러면 이제부터 이 삶과 죽음을 대표하는 양심과 복수심의 대결이 어떻게 시작되고 어떻게 전개되는지를 주요 장면을 통해 알아보기로 하자.

햄릿에게 아버지의 억울한 죽음을 알려 주는 존재는 살아 있는 사람이 아닌 죽은 아버지의 유령이다. 그는 자신의 죽음의 비밀이 너무나 철저히 파묻혀 자기 아들조차 모르고 있다는 사실이 원통하여 그 진실을 전할 방도를 찾게 된다. 그는 일단 유령의 형체로 두 보초, 마셀러스와 바나도의 이목을 끄는 데 성공한다. 그러나 이 두 사람은 자신의 목표가 아니었기에 그들 사이에는 아무런 대화도 없었다. 게다가 그들은 유령과 대화를 나누는 방법 또한 몰랐다. 따라서 그들은 자기들보다 학식이 더 많은 호레이쇼를 청하여 그에게 유령의 진위를 확인하고 대화를 시도해 볼 것을 권한다. 그러나 호레이쇼가 유령을 만났을 때에도, 또 그가 격식을 갖춰 유령에게 말을 걸었을 때에도 그것은 아무런 답이 없다. 호레이쇼 또한 유령이 나타난 목적이 아니었기 때문이다. 그래서 세 사람은 유령이 선왕 햄릿의 형체를 했을 뿐만 아니라 전쟁 준비 중인 현 시국을 감안했을 때 그것이 분명 햄릿 왕자와 연관성이 있을 것이라는 결론을 내리고 그를 찾아간다.

이것이 1막 1장에서 유령이 나타나서 1막 5장에서 햄릿과 대화에 성공하고 아버지의 죽음의 비밀을 들은 햄릿이 즉각적인 복수를 맹세하기까지 벌어지는 주요 사건이다. 그런데 이 과정에서 우리가 주목해야 할 일은 햄릿이 복수 명령을 받았을 때 그의 복수심을 강화하는 요인들이다. 그 가운데서도 특히 1막 2장의 서두에서 선왕 햄릿에 대해 클라우디우스가 표하는 위선적인 애도와 형수 거트루드와의 '근친상간적인' 결혼, 그리고 이제는 양아들이 된 햄릿에 대한 그의 거짓 애정 과시는 햄릿이 아버지의 비밀을 전달받았을 때 그의 복수심을 증폭시키는 요인이 된다. 이와 더불어 1막 2장의 햄릿의 독백("오, 너무나 더럽고 더러운 이 육신이……")에 나타나는 아버지에 대한 존경과 그리움, 특히 어머니에 대한 강렬한 애증 또한 햄릿의 복수심에 기름을 붓는 역할을 한다. 그리고 마지막으로 햄릿이 유령을 만나기 직전에 호레이쇼에게 말하는 클라우디우스의 인간성, 그 가운데서도 술버릇(1.4.8~12) 또한, 순전히 햄릿의 시각에서 과장되긴 했지만 그를 죽여야 한다는 마음을 일으키는 데 일조한다.

그런 다음 햄릿은 1막 5장에서 아버지가 맞이한 죽음의 진실을 알게 된다. 유령의 고발에 따르면 그가 어느 날 오후 정원에서 잠자는데 자기 동생 클라우디우스가 저주받을 독즙병을 몰래 갖고 들어와 그것을 자기 귀에 부었고 그 결과 그는 자다가 동생 손에 의하여 생명, 왕관, 왕비를 한꺼번에 빼앗기고, 졸지에 죽는 바람에 성체도 종유성사도 없이, 그래서 아무런 죄 청산도 못하고 심판대로 보내졌다고 한다. 그러면서 "소중한 네 아버질 사랑한 적 있다면 (중략) 이 흉악무도한 살인의 원수를 갚아 다오."(1.5.23~25)라고 요청한다. 이 상황에서 어떤 아들이 즉각적인 복수를 맹세하지 않겠는가. 특히 우리가 앞서 언급했듯이 이미 복수할 이유가 충분한 햄릿의 경우에 말이다. 유령의 요구에 대한 햄릿의 반응은 예상대로 빠르고 분명하다. 그는 "명상처럼 아니면/사랑의 상념처럼 재빠른 날개로/복수에 돌입할 것이다."(1.5.29~31)라고 말한다.

그렇다면 햄릿의 복수는 왜 그의 생각처럼 재빨리 실행되지 않는가? 적어도 2막 2장 마지막 부분에서 자신의 복수 지연을 자책하는 햄릿을 만날 때까지 우리는 그가 미친 척하는 그래서 여러 사람을 혼란에 빠뜨리는 것 말고는 클라우디우스를 죽이기 위해 그 어떤 구체적인 행동도 하지 않거나 못하고 있음을 안다. 그 결과 햄릿은 "아, 난 얼마나 못돼 먹고 천박한 놈인가!"(2.2.576)로 시작하는 독백에서 엘시노어를 방문한 한 배우의 시범 연기에 커다란 충격을 받는다. 저 먼 옛날 트로이 전쟁 시절에 남편 프리아모스의 죽음에 슬퍼하는 헤카베를 연기하는 이 배우는 그녀의 역할에 깊이 몰입한 연기로 햄릿에게 강한 인상을 남긴다. 그래서 햄릿은 자신에게 묻는다. 이 남자 배우는 자신과 아무런 상관도 없는 허구 속의 여성 헤카베 때문에 우는데 그가 만약 자기처럼 진짜로 울어야 할 이유가(아버지의 생명을 부당하게 빼앗긴 명분이) 있다면 어떡할까? "그는 곧 무대를 눈물로 채우고/끔찍한 대사로 모든 귀를 다 찢어 놓으며/죄인은 미치게 무죄인은 오싹하게 만들"(2.2.588~590) 것이라고 한다. 그런데 자기는 아무런 행동도 못 하고 있다. 그렇다면 그는 무엇을 어떻게 해야 하는가. 햄릿의 결론은 다음과 같다. 이 배우들에게 자기 아버지의 살해 비슷한 연극을 왕 앞에서 시키고 그의 반응을 살핀 뒤에 그가 만약 움찔하면 그때 아버지의 죽음을 복수할 것이다.

그런데 여기에서 우리는 햄릿에게 두 가지 사실을 지적할 수 있다. 첫째, 헤카베 역을 하는 배우의 감정과 햄릿의 복수는 아무런 상관이 없다. 왜냐하면 햄릿에게 요구되는 것은 배우가 바라는 관객들의 공감이나 심리적인 효과가 아니라 구체적인 복수 행위, 즉 클라우디우스를 죽이는 일이기 때문이다. 물론 햄릿이 계획하는 극중극「쥐덫」을 보고 왕이 죄책감으로 돌발 행동을 한다면 이는 햄릿이 복수에 한 걸음 더 다가가는 계기가 될 것이 분명하다. 그렇다 해도 왜 햄릿은 직접적인 행동을 택하지 않고 연극이란 간접적인 방법을 택하는가? 우리가 보건대 그의 복수를 가로막는 어떤 장애물도 없는데 말이다. 이에 대한 대답은 결국 둘째 지적 사항과 연결되어 있다. 즉, 햄릿은 왜 하필이면 이 시점에서 유령의 말의 진정성을 다시 입증해야 할 필요가 있는가? 앞서 1막 5장에서 그는 유령을 "햄릿, 대왕, 아버지,/덴마크 왕"(1.4.44~45)으로 받아들이고 그가 발설한 진실에 어떠한 의문도 제기하지 않았다. 오히려 유령이 밝히는 클라우디우스의 인간성이 자신의 "예측"(1.5.41)과 맞았음을 신통해했고, 너무나 구체적이고 사실적인 아버지의 사망 경위를 들은 결과 "날 잊지 마라."는 유령의 말을 자신의 수첩에 적어 두기까지 했다. 그런데 왜 그는 지금 유령의 말을 의심하는 것일까? 물론 유령을 처음 만났을 당시 그의 마음속에 그것이 악령일 가능성이 아주 없었던 것은 아니다. 왜냐하면 그때 햄릿은 그것을 향해 "네가 좋은 귀신이든 저주받은 악귀든/하늘 바람 타고 왔든 지옥 독풍 몰아왔든/네 의도가 사악하든 자비롭든지 간에"(1.4.40~42)라고 하면서 그것의 도덕적 이중성을 염두에 두고 있었기 때문이다. 그래서 지금 그가 앞서 만났던 혼령이 악마인지도 모르고, 그 악마가 선한 모습으로 위장할 수도 있으며, 그놈이 자신의 허약함과 우울증을 빌미로 자기를 파멸시킬 수도 있다는 생각이 불현듯 떠올랐는지도 모른다. 그렇다면 햄릿 안에 잠재해 있던 이 유령의 악성은 왜 이 시점에서 다시 고개를 쳐들게 되었을까? 때마침 한 극단이 엘시노어를 방문했고, 햄릿이 그 가운데 한 배우의 시범 연기에 감동을 받았고, 그것이 햄릿으로 하여금 연극을 왕의 양심 사로잡는 수단으로 쓸 계책을 암시해 주었기 때문일까? 만약 이 대답이 맞는다고 해도 그것은 사후의 설명은 될지언정 사전 설명은 되지 못한다. 즉, 왜 하필 지금 그 유령이 악마일지도 모른다는 의문을 햄릿이 떠올리게 되었는지는 해명하지 못한다. 따라서 의문 자체는 가능하지만 그 원인은 설명이 필요하다.

이 의문에 대한 답은 잠시 뒤로 미루고 이제 햄릿이 복수를 지연시키는 두 번째 장면으로 가 보자. 그것은 극중극 「쥐덫」으로 왕의 죄를 확인한 햄릿이 기도하는 왕을 만나 그를 죽이려다가 놔주는 곳이다. 극중극의 성공 뒤에 어머니의 분부로 그녀의 내실로 가던 중 햄릿은 왕을 만난다. 이때 햄릿의 마음은 사악함으로 가득하다. 그의 마음은 "지금 더운 피 마시고/낮에 보면 벌벌 떨 독한 짓을 할 수 있다."(3.2.414~415) 왜냐하면 그는 극중극의 성공으로 극도로 흥분되어 있으며, 그가 앞서 걱정했던 유령의 말이 진실임이 입증되어 이제는 아버지의 복수를 미루던 장애물이 없어졌기 때문이다. 한마디로 복수를 실행하기 딱 좋은 상태이다. 그런데 햄릿의 복수심은 당장은 어머니를 향한다. 왜냐하면 그는 지금 어머니를 만나러 가는 길이고 햄릿에게 어머니는 삼촌 못지않게 미운 사람이니까, 아니 오히려 삼촌보다 더 미우니까. 따라서 햄릿은 그가 당장 무슨 악행을 범할지 몰라 스스로 자제심을 주문한다, 자기 어머니에게 "잔인하되 불효를 범하진 말아야지./칼같이 말하지만 칼을 쓰진 않을 테다."(3.2.419~420)라고 말할 정도로.

이렇게 복수하기 딱 좋은 상태로 햄릿은 기도하는 왕을 만난다. 그리고 당연히 그를 죽이려고 칼을 빼든다. 그런데 하필이면 지금 햄릿의 머릿속에는 기도 중인 사람을 죽이면 그가 천당에 간다는 생각이 떠오른다. 그래서 그 문제를 따져 본 햄릿은 지금 왕을 죽이는 것은 도급(청부 살인)이지 진정한 복수가 아니라는 결론을 내리고 칼을 거둔다, 그를 좀 더 확실하게 지옥으로 보낼 수 있는 때를 기대하면서. 그렇다면 지금 햄릿이 왕의 죽음을 지연시키면서 내놓은 이유(그의 천당행)는 그의 본심을 드러내는 진정한 이유일까? 그렇지 않다는 사실은 여러 가지 경로를 통해 드러난다. 우선 그것은 햄릿의 현재 심리 상태와 맞지 않다. 그는 복수를 실행할 최상의 상태에 있다. 유령의 말은 진실임이 입증되었고 왕은 무방비 상태에서 기도하고 있다. 게다가 햄릿은 모르지만 관객들은 왕의 기도가 아무런 효과가 없다는 사실도 알고 있다. 그는 기도하는 자세만 취하고 있지 그 내용은 공허하기 그지없다. 그의 기도가 진정한 뉘우침과 죗값 청산을 전제하고 있지 않기 때문이다. 그래서 그는 "내 말은 날아가고 생각만 남았구나./생각 없는 빈말은 절대 하늘 못 가는 법."(3.3.97~98)이라고 실토한다. 그가 위선적인 행동으로 괴로워하는 지금이야말로 그를 죽이기 딱 좋은 때다.

둘째, 기도 중인 사람을 죽이면 그가 천당 간다는 생각은 우리가 앞서 보았던 유령의 말의 진위 확인처럼 아무런 암시나 준비 없이 갑자기 튀어나왔다. 그리고 마지막으로, 햄릿이 내놓은 이유가 복수 지연의 변명이고 구실일 뿐이라는 사실은 무엇보다도 자기변명 조의 과도한 악감정에서 그 실체가 드러난다.

> 아서라 내 칼아, 더 끔찍한 상황을 만나자.
> 놈이 취해 잠자거나 광란하고 있을 때
> 침대에서 상피 붙어 쾌락을 즐길 때
> 경기 도중 욕하거나 구원받을 기미가
> 전혀 없는 행동을 하고 있을 바로 그때
> 이놈의 다릴 걸자, 발꿈치는 하늘을 박차고
> 그 영혼은 목적지인 지옥만큼 저주받아
> 시커멓게 되도록. (3.3.88~95)

그렇다면 햄릿으로 하여금 절호의 기회를 놓치고 있는 자신을 이토록 강하게, 지나친 수사와 감정을 동원하여 항변하게 만드는 것은 과연 무엇일까? 그것은 다름 아닌 그의 양심이다. 그리고 햄릿에게 이 양심은 무엇이고 어떻게 작동하는지를 알아보기 위해 우리는 그가 복수를 지연하는 두 곳이 아니라 저 유명한 "존재할 것이냐, 말 것이냐"(3.1.56)로 시작하는 독백으로 가야 한다.

이 독백에서 햄릿은 우리가 이 세상 모든 고난에도 불구하고 자살하지 못하고 살아가는 이유는 죽음 후의 무언가에 대한 두려움 때문이라고 결론짓는다. 그래서 거창한 일을 결심했던 우리의 의지는 흐려지고

> 결국은 양심이 우리를 다 겁쟁이로 만들고
> 그에 따라 붉은빛 영롱하던 결심은
> 창백한 생각으로 병들어 버리며
> 천하의 거창하고 웅대한 계획들도
> 이 점을 고려할 때 그 흐름이 바뀌면서
> 실천될 가망성이 없어진다. (3.1.83~88)

라고 말한다. 여기에서 햄릿이 말하는 양심(conscience)은 두 가지 뜻을 가지고 있다. 하나는 인간 행위의 선악을 구분할 수 있는 본능적인 판단력이고 다른 하나는 내면의 깊은 생각이나 의식이다. 셰익스피어는 이 두 가지 뜻을 모두 염두에 두고 이 말을 사용하였지만, 좀 더 엄격히 따져 보면 의식이라는 것은 생각을 떠올려 담는 수단이고 그 의식 안에 담긴 내용이 도덕적 의미의 양심이기 때문에 내용상으로는 이 양심의 뜻이 우선한다고 볼 수 있다. 그래서 양심을 이런 뜻으로 받아들이면 우리는 그것이 햄릿의 행동에 어떤 영향을 미치는지 알 수 있다. 그것은 우선 그가 하고 싶은 자살을 결행할 수 없

게 만든다. 왜냐하면 자신을 죽이는 일은 영원하신 주님께서 금지한 법칙(1.2.131~132)이기 때문이다. 그것은 종교적인, 도덕적인 양심에 어긋나는 일이고 우리가 죽은 뒤에 받을 심판에서 우리에게 결정적으로 불리하게 작용할 것이다. 이 사실이 두렵기 때문에 우리는 스스로 죽지 못한다. 그리고 햄릿은 자신이 내린 이 결론이 자살뿐만 아니라 타살에도 적용될 수 있음을 내비친다. 양심이 우리 모두를 겁쟁이로 만들기 때문에 우리는 자살하지 못할 뿐만 아니라 "천하의 거창하고 웅대한 계획들"도 같은 이유로 행동으로 옮겨지지 못한다고 한다. 왜냐하면 이런 거대한 계획은 결국 자신의 목숨과 다른 많은 사람들의 목숨을 걸어야만 성취할 수 있기 때문이다. 따라서 양심 때문에 우리는 결국 죽지도 죽이지도 못한다.

햄릿은 이런 결론을 차분한 상태에서, 그가 항상 염두에 두고 있는 아버지의 복수에서 한 발짝 떨어진 상태에서 내린다. 그는 아주 조용하게, 합리적으로, 마치 철학자가 자신이 골똘히 생각하는 명제를 반추하듯이 "존재할 것이냐, 말 것이냐"라는 질문에 대한 답을 구한다. 그리고 그 과정에서 우리가 존재할 수밖에 없는, 생을 이어 갈 수밖에 없는 이유는 바로 양심의 저어, 즉 우리가 자살 죄를 범한 뒤 저 세상에서 받을 벌에 대한 두려움 때문이라고 결론 내리고 같은 원칙이 자살뿐만 아니라 타살에도 통용될 수 있음을 암시한다.

그러면 이제 이 양심을 햄릿의 복수 지연 문제에 적용해 보기로 하자. 우리는 앞서 햄릿이 직접 복수에 돌입하지 않거나 못한 두 번의 경우를 따져 보았다. 그런데 이 두 경우의 공통

점은 햄릿이 제시하는 이유가 뜬금없이 나타났다는 사실이다. 미친 척 말고는 달리 복수할 방법을 찾지 않던 햄릿이 엘시노어 왕성을 찾아온 극단 배우의 시범 연기에 자극받아 왕의 양심을 사로잡는 수단으로 연극을 이용하는 결정을 내렸다. 그런데 그 이유가 유령의 말이 진실인지 확인해야 한다는 것이었다. 이는 햄릿이 생각하지 않고 있던 이유이다. 따라서 무언가가 햄릿으로 하여금 그런 구실을 갑자기 떠올리게 만들었다고 볼 수밖에 없다. 그런 다음 햄릿이 기도하는 왕을 죽이지 않고 놓아준 장면에서도 그가 제시하는 이유는 아무런 사전 예고가 없었다. 기도하는 사람을 죽이면 그가 천당으로 간다는 말은 한편으로는 자연스럽지만 그 말이 나온 상황으로 볼 때 그것은 전혀 뜻밖이다. 그는 스스로 말하듯이 왕을 천당으로 보낼 이유가 전혀 없고 또 당시의 악독한 마음 상태로는 그럴 기분도 전혀 들지 않았기 때문이다.

그래서 우리는 이제 햄릿이 복수를 지연하면서 뜬금없는 이유를 두 번이나, 그것도 스스로 의식하지 못한 채 내놓은 이유를 짐작할 수 있다. 그것은 바로 그의 무의식에 작용하는 양심이다. 앞선 독백("존재할 것이냐"로 시작하는)에서 햄릿이 양심을 자살 금지 요인으로 지목했을 때 그는 그것이 타살의 경우에도 꼭 같이 자신의 행동을 가로막는 원인일 것이라고는 전혀 깨닫지 못한다. 왜냐하면 자살의 경우에는 모든 조건을 치밀하게 따져서 양심이 궁극적인 원인임을 밝혀낼 수 있었지만(참고로 햄릿은 모든 허구의 인물 가운데 가장 똑똑한 사람으로 평가받는다.) 타살, 특히 클라우디우스를 죽이는 일에 같은 양심이 그를 억제하리라는 생각은 결코 할 수 없다. 왜냐하면 우리가 앞서 보았듯이 햄릿에게는 그를 죽여야 할 모든 합당한 이유가 — 개인적인, 감정적인, 정치적인, 그리고 도덕적인 이유가 — 충분하기 때문이다. 게다가 그에게는 왕을 해치울 "명분과 의지와 힘과 또 수단"(4.4.45)까지 있다. 한마디로 그에게 왕을 죽이지 못할 또는 않아야 할 생각은 적어도 그의 의식 세계에서는 추호도 없다.

하지만 그의 무의식 세계는 다르다. 거기에서 양심은 햄릿으로 하여금 그가 곧바로 복수 행위에 돌입하지 못하게 막는다. 그 결과 햄릿의 무의식적인 양심은 그가 왕을 죽여야 할 때 그에게 엉뚱한 이유를 들어 그의 행동을 지연시킨다. 유령의 말이 진실인지 알아봐야 한다는 그리고 그 유령이 악령일지도 모른다는 구실을 떠올리게 만들고, 또 왕이 기도하는 장면에서는 그가 천당에 갈지도 모른다는 이유를 갑자기 들이대도록 만든다. 그 당시 상황에서는 그야말로 엉뚱한, 본인도 왜 그런 이유를 떠올리는지 모르는 채 말이다. 그를 이렇게 만드는 힘이 양심이라고 말할 수 있는 근거는 두 경우 모두 그의 판단이 무의식의 작용일 뿐만 아니라 도덕적이라는 데 있다. 유령의 말이 진실이 아니고 거짓이면 그는 유령의 간계에 속아 지옥에 떨어질 수도 있는 악행을 범하는 것이고, 기도하는 죄인을 천국으로 보내는 행위 또한 선악을 거꾸로 해석하여 실천하는 부도덕한 행위로 둘 다 양심의 영역에 속한 문제이기 때문이다.

따라서 이제 햄릿이 복수를 실천에 옮길 수 있는 길은 오직

하나이다. 그것은 생각할 겨를 없이 바로 행동하는, 즉각적인 실천이다. 그에 따라 그는 내실 장면에서 폴로니우스를 죽인다. 햄릿의 험악한 말과 행동에 놀란 왕비가 살려 달라고 외쳤을 때 그에 반응하여 휘장 뒤에서 "사람 살려!"(3.4.22)를 외친 폴로니우스를 찔러 죽인다. 곧바로, 아무런 생각 없이, "이건 뭐냐? 쥐새끼다! 죽어 싸다, 죽어라."라고 하면서. 그렇게 행동을 먼저 한 다음 그는 그가 죽인 자가 왕이기를 소망하고 추측하면서 왕비에게 물어본다. "왕입니까?"라고. 그런 다음 휘장을 들치고 죽은 사람이 폴로니우스인 것을 안다.

그런데 햄릿의 이번 복수의 문제는 우리 모두가 알다시피 엉뚱한 사람을, 클라우디우스가 아닌 폴로니우스를 죽였다는 데 있다. 그래서 햄릿은 이제 생각해서 복수할 수도(무의식적인 양심이 막으니까) 그렇다고 생각 없이 행동할 수도(잘못 죽일 수도 있으니까) 없다. 다시 말하면 보이는 대상을 죽일 수도, 안 보이는 대상을 죽일 수도 없다. 그래서 "존재할 것이냐, 말 것이냐" 또는 '복수할 것이냐, 말 것이냐'라는 딜레마는 그 둘을 다 하지 않거나 아니면 그 둘을 초월하는 길밖에 남지 않았다. 이런 상황에서 무슨 뾰족한 탈출구를 마련하지 못한 햄릿은 4막 4장의 독백에 이르기까지 자신을 복수로, 죽음으로 몰고 가는 힘과 자신을 복수에서 멀어지게 만드는 힘 사이에서 어떻게 대처해야 할지 몰라 고민한다. 그래서 명예를 위해서라면 지푸라기 하나에도 커다란 명분을 찾아내는 포틴브래스의 행동 방식에 커다란 자극을 받았음에도 복수를 당장 실행하지 못하고 재차 다짐하는 말만 한다. "지금부터 내 생각이/피비리지 아니하면 아무 소용 없으리라."(4.4.65~66)라고.

하지만 햄릿에게 이 난관을 극복할 첫 번째 방법은 의외의 곳으로부터 찾아온다. 햄릿의 복수가 죽음 너머에서 온 유령의 말에서 시작되었듯이 그 해결책 또한 이 세상을 넘어선 초자연적인 세계에게 찾아온다. 폴로니우스를 죽인 죗값으로 왕에 의해 영국으로 비밀 처형을 당하러 가던 햄릿은 항해 도중 왕의 밀서를 훔쳐보고 그의 계략을 알아내고, 밀서를 조작하여 그를 호위하던 로젠크랜츠와 길든스턴을 죽음으로 보내고, 해적선을 만나 본대와 헤어지는 일련의 과정을 통해 아주 중요한 깨달음을 얻는다. 그것은 인간인 우리는 "목표물을 대충 깎고 그 완성은/신이 한단 사실"(5.2.10~11)이다. 그는 인간의 임무는 어떤 일을 하려고 목표를 정하고 열심히 그 해결책을 모색하는 것이고 그 마무리는 어떤 초월적인 존재의 손에 달렸다는 사실을 불현듯 깨닫는다. 그에 따라 햄릿은 덴마크로 되돌아왔을 때 왕의 검술 시합 제안을, 무슨 계략이 있지 않을까 의심하지만, 순순히 받아들인다. 왜냐하면 "참새 한 마리가 떨어지는 데도 특별한 섭리가" 있고 자신의 죽음도 이와 마찬가지로 지금 아니면 언제라도 때가 되면 올 테니까. 따라서 그는 만사를 담담하게 받아들이는 "마음의 준비가 최고"(5.2.233~237)라고 말한다.

그러나 햄릿의 복수와 죽음은 그렇게 담담한 방법으로 찾아오지 않는다. 그는 신의 섭리를 믿으면서 복수와 죽음의 문제를 초월하려고 노력하지만 섭리는 저절로 이루어지는 것이 아니라 그 자신이 그것을 적극적으로 맞이하는 방식으로 이루어진다. 왜냐하면 극의 결말에서 햄릿은 레어티스의 독 묻은 칼에 찔려 이미 죽은 상태에서 클라우디우스를 죽이고, 자신의 복수 대상이 클라우디우스임을 모르는 상태가 아니라 알면서 그를 죽이기 때문이다. 그리고 다른 무엇보다도 양심이 그의 무의식에 작용하여 그의 복수를 지연시켰다는 사실을 인지한 채 왕을 죽인다. 햄릿은 영국 여행에서 돌아왔을 때 호레이쇼에게 로젠크랜츠와 길든스턴을 죽음으로 보낸 행동에 대해 아무런 양심의 가책을 느끼지 않으며 왕을 죽이는 일에 대해서도 같은 마음임을 밝힌다.

> 자넨 어찌 생각하나? 내가 해야 할 일로서 —
> 나의 왕을 시해하고 어머닐 더럽히고
> 내 희망과 국왕 선출 사이에 불쑥 끼고
> 내 목숨을 노리고 이따위 속임수로
> 낚시를 던진 자를 — 이 손으로 보내는 게
> 양심상 완벽하지 않겠어? 또 이런
> 암적인 존재가 계속 악을 범하도록 놔두면
> 저주받지 않겠어? (5.2.63~70)

다시 말하면 햄릿은 이제 그의 의식 세계에서 작동하는 복수심과 무의식 세계에서 작동하는 양심 가운데 어느 쪽의 영향도 받지 않으면서, 또는 양쪽의 요구를 다 만족시키면서(어머니의 죽음까지 추가하여) 그의 복수를 완성한다. 그리고 이 사실을 호레이쇼가 만천하에 알려 주기를 바라면서 죽는다.

이것이 그의 마지막 말—"그 나머진 침묵이네"(5.2.384) —특히 그의 "침묵"에 담긴 그의 죽음의 의미이다.

끝으로 이번 번역은 해럴드 젱킨스(Harold Jenkins) 편집의 아든(The Arden Shakespeare) 판 『햄릿(Hamlet)』을 기본으로 하고, 필립 에드워즈(Philip Edwards) 편집의 뉴케임브리지 셰익스피어(The New Cambridge Shakespeare) 판, G. 블레이크모어 에번스(G. Blakemore Evans) 편집의 리버사이드 셰익스피어(The Riverside Shakespeare) 판, 그리고 조너선 베이트와 에릭 라스무센(Jonathan Bate and Eric Rasmussen) 편집의 RSC(The Royal Shakespeare Company) 판을 참조하였다.

작가 연보

1564년   아버지 존 셰익스피어와 어머니 메리 아든의 장남으로
        스트랫퍼드어폰에이번에서 태어나 4월 26일 세례를 받
        았다.

1582년   11월 여덟 살 연상의 앤 해서웨이와 결혼했다.

1583년   큰딸 수재너가 5월 26일 세례를 받았다.

1585년   큰아들 햄닛과 둘째 딸 주디스(쌍둥이)가 태어나 2월 2
        일 세례를 받았다.

1588년   최초의 극작품들이 런던에서 공연되기 시작하여 가족
        들을 두고 이주했다.

1590년   3부작『헨리 6세(Henry VI)』를 2년에 걸쳐 집필했다.

1592년   이후 1594년까지 시집『비너스와 아도니스(Venus and
        Adonis)』,『루크리스의 강간(The Rape of Lucrece)』출간

하고, 두 시집 모두 사우샘프턴 백작에게 헌정했다. 로드 체임벌린스 멘 극단의 주주가 되었다. 『리처드 3세(Richard III)』, 『실수 희극(The Comedy of Errors)』, 『티투스 안드로니쿠스(Titus Andronicus)』, 『말괄량이 길들이기(The Taming of the Shrew)』, 『베로나의 두 신사(The Two Gentlemen of Verona)』등을 완성했다.

1595년 　『사랑의 수고는 수포로(Love's Labour's Lost)』, 『존 왕(King John)』, 『리처드 2세(Richard II)』, 『로미오와 줄리엣(Romeo and Juliet)』, 『한여름 밤의 꿈(A Midsummer Night's Dream)』, 『베니스의 상인(The Merchant of Venice)』, 『헨리 4세 1부(Henry IV, Part 1)』, 『윈저의 즐거운 아낙네들(The Merry Wives of Windsor)』를 1597년까지 연이어 발표했다.

1596년 　아들 햄닛 사망. 부친의 문장을 사용하는 것을 허가받았다.

1597년 　스트랫퍼드에서 뉴 플레이스 저택을 구입했다.

1598년 　두 해에 걸쳐 『헨리 4세 2부(Henry IV, Part 2)』, 『헛소문에 큰 소동(Much Ado About Nothing)』, 『헨리 5세(Henry V)』, 『줄리어스 시저(Julius Caesar)』, 『좋으실 대로(As You Like It)』등을 집필했다. 셰익스피어의 극단이 새로운 글로브 극장으로 옮겨 갔다.

1600년 　『햄릿(Hamlet)』을 발표했다.

1601년 　시집 『불사조와 산비둘기(The Phoenix and the Turtle)』를 출간하고, 『십이야(Twelfth Night, or What You

Will)』, 『트로일로스와 크레시다(Troilus and Cressida)』, 『끝이 좋으면 다 좋다(All's Well That Ends Well)』를 완성했다.

1601년   부친 사망. 9월 8일 장례.

1603년   엘리자베스 여왕 사망. 스코틀랜드의 제임스 6세가 영국의 제임스 1세가 되고, 셰익스피어의 극단이 킹스 멘이 되었다.

1604년   『잣대엔 잣대로(Measure for Measure)』, 『오셀로(Othello)』를 발표했다.

1605년   『리어 왕(King Lear)』을 발표했다.

1606년   『맥베스 (Macbeth)』와 『안토니와 클레오파트라 (Antony and Cleopatra)』를 발표했다.

1607년   6월 5일 딸 수재너 결혼.

1607년   두 해에 걸쳐 『코리올라누스(Coriolanus)』, 『아테네의 티몬(Timon of Athens)』, 『페리클레스(Pericles)』를 발표했다.

1608년   모친 사망. 9월 9일 장례.

1609년   『심벨린(Cymbeline)』, 『겨울 이야기(The Winter's Tale)』, 『소네트(Sonnets)』를 1610년까지 두 해에 걸쳐 출간했다. 셰익스피어의 극단이 블랙프라이어스 극장을 매입했다.

1611년   『태풍(The Tempest)』을 발표하고 스트랫퍼드로 돌아가 은퇴했다.

1612년   『헨리 8세(Henry VIII)』, 『카르데니오(Cardenio)』, 『두

귀족 친척(The Two Noble Kinsman)』을 1613년까지 집
필했다.

1616년   2월 10일 딸 주디스 결혼. 스트랫퍼드에서 4월 23일 세
상을 떠났다.

1623년   글로브 극장 시절의 동료 배우 존 헤밍과 헨리 콘델이
편집한 셰익스피어의 극작품들이 이절판으로 출판되
었다. 부인 앤 해서웨이가 사망했다.

세계문학전집 3

햄릿

1판 1쇄 펴냄 1998년 8월 5일
1판 102쇄 펴냄 2024년 10월 25일

지은이 윌리엄 셰익스피어
옮긴이 최종철
발행인 박근섭, 박상준
펴낸곳 (주)민음사

출판등록 1966. 5. 19. (제 16-490호)
서울특별시 강남구 도산대로1길 62(신사동) 강남출판문화센터 5층 (우편번호 06027)
대표전화 02-515-2000 팩시밀리 02-515-2007
www.minumsa.com

© 최종철, 1998. Printed in Seoul, Korea

ISBN 978-89-374-6003-6 04800
ISBN 978-89-374-6000-5 (세트)

세계문학전집 목록

1·2 **변신 이야기** 오비디우스 · 이윤기 옮김 서울대 권장도서 100선

3 **햄릿** 셰익스피어 · 최종철 옮김 서울대 권장도서 100선 | 미국대학위원회 선정 SAT 추천도서

4 **변신 · 시골의사** 카프카 · 전영애 옮김 서울대 권장도서 100선

5 **동물농장** 오웰 · 도정일 옮김 미국대학위원회 선정 SAT 추천도서 | 《타임》 선정 현대 100대 영문소설

6 **허클베리 핀의 모험** 트웨인 · 김욱동 옮김 《뉴스위크》 선정 100대 명저

7 **암흑의 핵심** 콘래드 · 이상옥 옮김 미국대학위원회 선정 SAT 추천도서 | 《뉴스위크》 선정 10대 명저

8 **토니오 크뢰거 · 트리스탄 · 베네치아에서의 죽음** 토마스 만 · 안삼환 외 옮김 노벨 문학상 수상 작가

9 **문학이란 무엇인가** 사르트르 · 정명환 옮김

10 **한국단편문학선 1** 김동인 외 · 이남호 엮음 국립중앙도서관 선정 청소년 권장도서

11·12 **인간의 굴레에서** 서머싯 몸 · 송무 옮김

13 **이반 데니소비치, 수용소의 하루** 솔제니친 · 이영의 옮김 노벨 문학상 수상 작가

14 **너새니얼 호손 단편선** 호손 · 천승걸 옮김

15 **나의 미카엘** 오즈 · 최창모 옮김

16·17 **중국신화전설** 위앤커 · 전인초, 김선자 옮김

18 **고리오 영감** 발자크 · 박영근 옮김

19 **파리대왕** 골딩 · 유종호 옮김 노벨 문학상 수상 작가 | 《타임》 선정 현대 100대 영문소설

20 **한국단편문학선 2** 김동리 외 · 이남호 엮음

21·22 **파우스트** 괴테 · 정서웅 옮김 서울대 권장도서 100선 | 미국대학위원회 선정 SAT 추천도서

23·24 **빌헬름 마이스터의 수업시대** 괴테 · 안삼환 옮김

25 **젊은 베르테르의 슬픔** 괴테 · 박찬기 옮김 논술 및 수능에 출제된 책(1998~2005)

26 **이피게니에 · 스텔라** 괴테 · 박찬기 외 옮김

27 **다섯째 아이** 레싱 · 정덕애 옮김 노벨 문학상 수상 작가

28 **삶의 한가운데** 린저 · 박찬일 옮김

29 **농담** 쿤데라 · 방미경 옮김

30 **야성의 부름** 런던 · 권택영 옮김

31 **아메리카** 제임스 · 최경도 옮김

32·33 **양철북** 그라스 · 장희창 옮김 노벨 문학상 수상 작가 | 서울대 권장도서 100선

34·35 **백년의 고독** 마르케스 · 조구호 옮김 노벨 문학상 수상 작가 | 서울대 권장도서 100선

36 **마담 보바리** 플로베르 · 김화영 옮김 서울대 권장도서 100선

37 **거미여인의 키스** 푸익 · 송병선 옮김

38 **달과 6펜스** 서머싯 몸 · 송무 옮김

39 **폴란드의 풍차** 지오노 · 박인철 옮김

40·41 **독일어 시간** 렌츠 · 정서웅 옮김

42 **말테의 수기** 릴케 · 문현미 옮김

43 **고도를 기다리며** 베케트 · 오증자 옮김 노벨 문학상 수상 작가 | 서울대 권장도서 100선

44 **데미안** 헤세 · 전영애 옮김 노벨 문학상 수상 작가

45 **젊은 예술가의 초상** 조이스 · 이상옥 옮김 서울대 권장도서 100선

46 **카탈로니아 찬가** 오웰 · 정영목 옮김

47 **호밀밭의 파수꾼** 샐린저 · 정영목 옮김 《타임》 선정 현대 100대 영문소설 | 미국대학위원회 선정 SAT 추천도서 | 《뉴스위크》 선정 100대 명저 | BBC 선정 꼭 읽어야 할 책

48·49 **파르마의 수도원** 스탕달 · 원윤수, 임미경 옮김

50 **수레바퀴 아래서** 헤세 · 김이섭 옮김 노벨 문학상 수상 작가 | 국립중앙도서관 선정 청소년 권장도서

51·52 내 이름은 빨강 파묵 · 이난아 옮김 노벨 문학상 수상 작가

53 오셀로 셰익스피어 · 최종철 옮김 서울대 권장도서 100선

54 조서 르 클레지오 · 김윤진 옮김 노벨 문학상 수상 작가

55 모래의 여자 아베 코보 · 김난주 옮김

56·57 부덴브로크 가의 사람들 토마스 만 · 홍성광 옮김 노벨 문학상 수상 작가

58 싯다르타 헤세 · 박병덕 옮김 노벨 문학상 수상 작가

59·60 아들과 연인 로렌스 · 정상준 옮김 《뉴스위크》 선정 100대 명저

61 설국 가와바타 야스나리 · 유숙자 옮김 노벨 문학상 수상 작가 | 서울대 권장도서 100선

62 벨킨 이야기 · 스페이드 여왕 푸슈킨 · 최선 옮김

63·64 넙치 그라스 · 김재혁 옮김 노벨 문학상 수상 작가

65 소망 없는 불행 한트케 · 윤용호 옮김 노벨 문학상 수상 작가

66 나르치스와 골드문트 헤세 · 임홍배 옮김 노벨 문학상 수상 작가

67 황야의 이리 헤세 · 김누리 옮김 노벨 문학상 수상 작가

68 페테르부르크 이야기 고골 · 조주관 옮김

69 밤으로의 긴 여로 오닐 · 민승남 옮김 노벨 문학상 수상 작가 | 미국대학위원회 선정 SAT 추천도서

70 체호프 단편선 체호프 · 박현섭 옮김

71 버스 정류장 가오싱젠 · 오수경 옮김 노벨 문학상 수상 작가

72 구운몽 김만중 · 송성욱 옮김 서울대 권장도서 100선 | 국립중앙도서관 선정 청소년 권장도서

73 대머리 여가수 이오네스코 · 오세곤 옮김

74 이솝 우화집 이솝 · 유종호 옮김 논술 및 수능에 출제된 책(1998~2005)

75 위대한 개츠비 피츠제럴드 · 김욱동 옮김 《타임》 선정 현대 100대 영문소설

76 푸른 꽃 노발리스 · 김재혁 옮김

77 1984 오웰 · 정회성 옮김 《타임》 선정 현대 100대 영문소설 | 《뉴스위크》 선정 100대 명저

78·79 영혼의 집 아옌데 · 권미선 옮김

80 첫사랑 투르게네프 · 이항재 옮김

81 내가 죽어 누워 있을 때 포크너 · 김명주 옮김 노벨 문학상 수상 작가

82 런던 스케치 레싱 · 서숙 옮김 노벨 문학상 수상 작가

83 팡세 파스칼 · 이환 옮김

84 질투 로브그리예 · 박이문, 박희원 옮김

85·86 채털리 부인의 연인 로렌스 · 이인규 옮김

87 그 후 나쓰메 소세키 · 윤상인 옮김

88 오만과 편견 오스틴 · 윤지관, 전승희 옮김 미국대학위원회 선정 SAT 추천도서

89·90 부활 톨스토이 · 연진희 옮김 논술 및 수능에 출제된 책(1998~2005)

91 방드르디, 태평양의 끝 투르니에 · 김화영 옮김

92 미겔 스트리트 나이폴 · 이상옥 옮김 노벨 문학상 수상 작가

93 페드로 파라모 룰포 · 정창 옮김

94 차라투스트라는 이렇게 말했다 니체 · 장희창 옮김 국립중앙도서관 선정 청소년 권장도서

95·96 적과 흑 스탕달 · 이동렬 옮김 국립중앙도서관 선정 청소년 권장도서

97·98 콜레라 시대의 사랑 마르케스 · 송병선 옮김 노벨 문학상 수상 작가 | BBC 선정 꼭 읽어야 할 책

99 맥베스 셰익스피어 · 최종철 옮김 서울대 권장도서 100선 | 미국대학위원회 선정 SAT 추천도서

100 춘향전 작자 미상 · 송성욱 풀어 옮김 서울대 권장도서 100선

101 페르디두르케 곰브로비치 · 윤진 옮김

102 포르노그라피아 곰브로비치 · 임미경 옮김

103 인간 실격 다자이 오사무 · 김춘미 옮김

104 네루다의 우편배달부 스카르메타 · 우석균 옮김

105·106 이탈리아 기행 괴테·박찬기 외 옮김

107 나무 위의 남작 칼비노·이현경 옮김

108 달콤 쌉싸름한 초콜릿 에스키벨·권미선 옮김

109·110 제인 에어 C. 브론테·유종호 옮김 BBC 선정 꼭 읽어야 할 책

111 크눌프 헤세·이노은 옮김 노벨 문학상 수상 작가

112 시계태엽 오렌지 버지스·박시영 옮김 《타임》 선정 현대 100대 영문소설 | 《뉴스위크》 선정 100대 명저

113·114 파리의 노트르담 위고·정기수 옮김 미국대학위원회 선정 SAT 추천도서

115 새로운 인생 단테·박우수 옮김

116·117 로드 짐 콘래드·이상옥 옮김 《뉴스위크》 선정 100대 명저

118 폭풍의 언덕 E. 브론테·김종길 옮김 미국대학위원회 선정 SAT 추천도서

119 텔크테에서의 만남 그라스·안삼환 옮김 노벨 문학상 수상 작가

120 검찰관 고골·조주관 옮김

121 안개 우나무노·조민현 옮김

122 나사의 회전 제임스·최경도 옮김 미국대학위원회 선정 SAT 추천도서

123 피츠제럴드 단편선 1 피츠제럴드·김욱동 옮김

124 목화밭의 고독 속에서 콜테스·임수현 옮김

125 돼지꿈 황석영

126 라셀라스 존슨·이인규 옮김

127 리어 왕 셰익스피어·최종철 옮김 서울대 권장도서 100선 | 《뉴스위크》 선정 100대 명저

128·129 쿠오 바디스 시엔키에비츠·최성은 옮김 노벨 문학상 수상 작가

130 자기만의 방·3기니 울프·이미애 옮김

131 시르트의 바닷가 그라크·송진석 옮김

132 이성과 감성 오스틴·윤지관 옮김

133 바덴바덴에서의 여름 치프킨·이장욱 옮김

134 새로운 인생 파묵·이난아 옮김 노벨 문학상 수상 작가

135·136 무지개 로렌스·김정매 옮김

137 인생의 베일 서머싯 몸·황소연 옮김

138 보이지 않는 도시들 칼비노·이현경 옮김

139·140·141 연초 도매상 바스·이운경 옮김 《타임》 선정 현대 100대 영문소설

142·143 플로스 강의 물방앗간 엘리엇·한애경, 이봉지 옮김 미국대학위원회 선정 SAT 추천도서

144 연인 뒤라스·김인환 옮김

145·146 이름 없는 주드 하디·정종화 옮김

147 제49호 품목의 경매 핀천·김성곤 옮김 《타임》 선정 현대 100대 영문소설

148 성역 포크너·이진준 옮김 노벨 문학상 수상 작가 | 퓰리처상 수상 작가

149 무진기행 김승옥

150·151·152 신곡(지옥편·연옥편·천국편) 단테·박상진 옮김 《뉴스위크》 선정 100대 명저

153 구덩이 플라토노프·정보라 옮김

154·155·156 카라마조프가의 형제들 도스토옙스키·김연경 옮김

157 지상의 양식 지드·김화영 옮김 노벨 문학상 수상 작가

158 밤의 군대들 메일러·권택영 옮김 퓰리처상 수상 작가

159 주홍 글자 호손·김욱동 옮김 서울대 권장도서 100선 | 미국대학위원회 선정 SAT 추천도서

160 깊은 강 엔도 슈사쿠·유숙자 옮김

161 욕망이라는 이름의 전차 윌리엄스·김소임 옮김

162 마사 퀘스트 레싱·나영균 옮김 노벨 문학상 수상 작가

163·164 운명의 딸 아옌데·권미선 옮김

165 모렐의 발명 비오이 카사레스 · 송병선 옮김

166 삼국유사 일연 · 김원중 옮김 서울대 권장도서 100선

167 풀잎은 노래한다 레싱 · 이태동 옮김 노벨 문학상 수상 작가

168 파리의 우울 보들레르 · 윤영애 옮김

169 포스트맨은 벨을 두 번 울린다 케인 · 이만식 옮김

170 썩은 잎 마르케스 · 송병선 옮김 노벨 문학상 수상 작가

171 모든 것이 산산이 부서지다 아체베 · 조규형 옮김 《타임》 선정 현대 100대 영문소설

172 한여름 밤의 꿈 셰익스피어 · 최종철 옮김 미국대학위원회 선정 SAT 추천도서

173 로미오와 줄리엣 셰익스피어 · 최종철 옮김 미국대학위원회 선정 SAT 추천도서

174·175 분노의 포도 스타인벡 · 김승욱 옮김 노벨 문학상 수상 작가 | 《타임》 선정 현대 100대 영문소설

176·177 괴테와의 대화 에커만 · 장희창 옮김

178 그물을 헤치고 머독 · 유종호 옮김 《타임》 선정 현대 100대 영문소설

179 브람스를 좋아하세요... 사강 · 김남주 옮김

180 카타리나 블룸의 잃어버린 명예 하인리히 뵐 · 김연수 옮김 노벨 문학상 수상 작가

181·182 에덴의 동쪽 스타인벡 · 정회성 옮김 노벨 문학상 수상 작가

183 순수의 시대 워튼 · 송은주 옮김 《뉴스위크》 선정 100대 명저 | 퓰리처상 수상작

184 도둑 일기 주네 · 박형섭 옮김

185 나자 브르통 · 오생근 옮김

186·187 캐치-22 헬러 · 안정효 옮김 《타임》 선정 현대 100대 영문소설

188 슬로호프 단편선 슬로호프 · 이항재 옮김 노벨 문학상 수상 작가

189 말 사르트르 · 정명환 옮김

190·191 보이지 않는 인간 엘리슨 · 조영환 옮김 《타임》 선정 현대 100대 영문소설

192 왑샷 가문 연대기 치버 · 김승욱 옮김 퓰리처상 수상 작가

193 왑샷 가문 몰락기 치버 · 김승욱 옮김 퓰리처상 수상 작가

194 필립과 다른 사람들 노터봄 · 지명숙 옮김

195·196 하드리아누스 황제의 회상록 유르스나르 · 곽광수 옮김

197·198 소피의 선택 스타이런 · 한정아 옮김 퓰리처상 수상 작가

199 피츠제럴드 단편선 2 피츠제럴드 · 한은경 옮김

200 홍길동전 허균 · 김탁환 옮김

201 요술 부지깽이 쿠버 · 양윤희 옮김

202 북호텔 다비 · 원윤수 옮김

203 톰 소여의 모험 트웨인 · 김욱동 옮김

204 금오신화 김시습 · 이지하 옮김

205·206 테스 하디 · 정종화 옮김 미국대학위원회 선정 SAT 추천도서 | BBC 선정 꼭 읽어야 할 책

207 브루스터플레이스의 여자들 네일러 · 이소영 옮김

208 더 이상 평안은 없다 아체베 · 이소영 옮김

209 그레인지 코플랜드의 세 번째 인생 워커 · 김시현 옮김 퓰리처상 수상 작가

210 어느 시골 신부의 일기 베르나노스 · 정영란 옮김

211 타라스 불바 고골 · 조주관 옮김

212·213 위대한 유산 디킨스 · 이인규 옮김 서울대 권장도서 100선 | BBC 선정 꼭 읽어야 할 책

214 면도날 서머싯 몸 · 안진환 옮김

215·216 성채 크로닌 · 이은정 옮김

217 오이디푸스 왕 소포클레스 · 강대진 옮김 서울대 권장도서 100선

218 세일즈맨의 죽음 밀러 · 강유나 옮김

219·220·221 안나 카레니나 톨스토이 · 연진희 옮김 서울대 권장도서 100선

222 오스카 와일드 작품선 와일드 · 정영목 옮김

223 벨아미 모파상 · 송덕호 옮김

224 파스쿠알 두아르테 가족 호세 셀라 · 정동섭 옮김 노벨 문학상 수상 작가

225 시칠리아에서의 대화 비토리니 · 김운찬 옮김

226·227 길 위에서 케루악 · 이만식 옮김 《타임》 선정 현대 100대 영문소설 | 《뉴스위크》 선정 100대 명저

228 우리 시대의 영웅 레르몬토프 · 오정미 옮김

229 아우라 푸엔테스 · 송상기 옮김

230 클링조어의 마지막 여름 헤세 · 황승환 옮김 노벨 문학상 수상 작가

231 리스본의 겨울 무뇨스 몰리나 · 나송주 옮김

232 뻐꾸기 둥지 위로 날아간 새 키지 · 정회성 옮김 《타임》 선정 현대 100대 영문소설

233 페널티킥 앞에 선 골키퍼의 불안 한트케 · 윤용호 옮김 노벨 문학상 수상 작가

234 참을 수 없는 존재의 가벼움 쿤데라 · 이재룡 옮김

235·236 바다여, 바다여 머독 · 최옥영 옮김

237 한 줌의 먼지 에벌린 워 · 안진환 옮김 《타임》 선정 현대 100대 영문소설

238 뜨거운 양철 지붕 위의 고양이 · 유리 동물원 윌리엄스 · 김소임 옮김 퓰리처상 수상작

239 지하로부터의 수기 도스토옙스키 · 김연경 옮김

240 키메라 바스 · 이운경 옮김

241 반쪼가리 자작 칼비노 · 이현경 옮김

242 벌집 호세 셀라 · 남진희 옮김 노벨 문학상 수상 작가

243 불멸 쿤데라 · 김병욱 옮김

244·245 파우스트 박사 토마스 만 · 임홍배, 박병덕 옮김 노벨 문학상 수상 작가

246 사랑할 때와 죽을 때 레마르크 · 장희창 옮김

247 누가 버지니아 울프를 두려워하랴? 올비 · 강유나 옮김

248 인형의 집 입센 · 안미란 옮김

249 위폐범들 지드 · 원윤수 옮김 노벨 문학상 수상 작가

250 무정 이광수 · 정영훈 책임 편집 서울대 권장도서 100선

251·252 의지와 운명 푸엔테스 · 김현철 옮김

253 폭력적인 삶 파솔리니 · 이승수 옮김

254 거장과 마르가리타 불가코프 · 정보라 옮김

255·256 경이로운 도시 멘도사 · 김현철 옮김

257 야콥을 둘러싼 추측들 욘존 · 손대영 옮김

258 왕자와 거지 트웨인 · 김욱동 옮김

259 존재하지 않는 기사 칼비노 · 이현경 옮김

260·261 눈먼 암살자 애트우드 · 차은정 옮김 《타임》 선정 현대 100대 영문소설

262 베니스의 상인 셰익스피어 · 최종철 옮김

263 말리나 바흐만 · 남정애 옮김

264 사볼타 사건의 진실 멘도사 · 권미선 옮김

265 뒤렌마트 희곡선 뒤렌마트 · 김혜숙 옮김

266 이방인 카뮈 · 김화영 옮김 노벨 문학상 수상 작가 | 미국대학위원회 선정 SAT 추천도서

267 페스트 카뮈 · 김화영 옮김 노벨 문학상 수상 작가 | 국립중앙도서관 선정 청소년 권장도서

268 검은 튤립 뒤마 · 송진석 옮김

269·270 베를린 알렉산더 광장 되블린 · 김재혁 옮김

271 하얀 성 파묵 · 이난아 옮김 노벨 문학상 수상 작가

272 푸슈킨 선집 푸슈킨 · 최선 옮김

273·274 유리알 유희 헤세 · 이영임 옮김 노벨 문학상 수상 작가

275 픽션들 보르헤스·송병선 옮김 서울대 권장도서 100선

276 신의 화살 아체베·이소영 옮김

277 빌헬름 텔·간계와 사랑 실러·홍성광 옮김

278 노인과 바다 헤밍웨이·김욱동 옮김 노벨 문학상 수상 작가 | 퓰리처상 수상작

279 무기여 잘 있어라 헤밍웨이·김욱동 옮김 미국대학위원회 선정 SAT 추천도서

280 태양은 다시 떠오른다 헤밍웨이·김욱동 옮김 《타임》 선정 현대 100대 영문 소설

281 알레프 보르헤스·송병선 옮김

282 일곱 박공의 집 호손·정소영 옮김

283 에마 오스틴·윤지관, 김영희 옮김

284·285 죄와 벌 도스토옙스키·김연경 옮김 미국대학위원회 선정 SAT 추천도서

286 시련 밀러·최영 옮김

287 모두가 나의 아들 밀러·최영 옮김

288·289 누구를 위하여 종은 울리나 헤밍웨이·김욱동 옮김 노벨 문학상 수상 작가

290 구르브 연락 없다 멘도사·정창 옮김

291·292·293 데카메론 보카치오·박상진 옮김

294 나누어진 하늘 볼프·전영애 옮김

295·296 제브데트 씨와 아들들 파묵·이난아 옮김 노벨 문학상 수상 작가

297·298 여인의 초상 제임스·최경도 옮김 미국대학위원회 선정 SAT 추천도서

299 압살롬, 압살롬! 포크너·이태동 옮김 노벨 문학상 수상 작가

300 이상 소설 전집 이상·권영민 책임 편집

301·302·303·304·305 레 미제라블 위고·정기수 옮김

306 관객모독 한트케·윤용호 옮김 노벨 문학상 수상 작가

307 더블린 사람들 조이스·이종일 옮김

308 에드거 앨런 포 단편선 앨런 포·전승희 옮김 미국대학위원회 선정 SAT 추천도서

309 보이체크·당통의 죽음 뷔히너·홍성광 옮김

310 노르웨이의 숲 무라카미 하루키·양억관 옮김

311 운명론자 자크와 그의 주인 디드로·김희영 옮김

312·313 헤밍웨이 단편선 헤밍웨이·김욱동 옮김 노벨 문학상 수상 작가

314 피라미드 골딩·안지현 옮김 노벨 문학상 수상 작가

315 닫힌 방·악마와 선한 신 사르트르·지영래 옮김

316 등대로 울프·이미애 옮김 《타임》 선정 현대 100대 영문소설 | 《뉴스위크》 선정 100대 명저

317·318 한국 희곡선 송영 외·양승국 엮음

319 여자의 일생 모파상·이동렬 옮김

320 의식 노터봄·김영중 옮김

321 육체의 악마 라디게·원윤수 옮김

322·323 감정 교육 플로베르·지영화 옮김

324 불타는 평원 룰포·정창 옮김

325 위대한 몬느 알랭푸르니에·박영근 옮김

326 라쇼몬 아쿠타가와 류노스케·서은혜 옮김

327 반바지 당나귀 보스코·정영란 옮김

328 정복자들 말로·최윤주 옮김

329·330 우리 동네 아이들 마흐푸즈·배혜경 옮김 노벨 문학상 수상 작가

331·332 개선문 레마르크·장희창 옮김

333 사바나의 개미 언덕 아체베·이소영 옮김

334 게걸음으로 그라스·장희창 옮김 노벨 문학상 수상 작가

335 코스모스 곰브로비치·최성은 옮김

336 좁은 문·전원교향곡·배덕자 지드·동성식 옮김 노벨 문학상 수상 작가

337·338 암 병동 솔제니친·이영의 옮김 노벨 문학상 수상 작가

339 피의 꽃잎들 응구기 와 시옹오·왕은철 옮김

340 운명 케르테스·유진일 옮김 노벨 문학상 수상 작가

341·342 벌거벗은 자와 죽은 자 메일러·이운경 옮김 퓰리처상 수상 작가

343 시지프 신화 카뮈·김화영 옮김 노벨 문학상 수상 작가

344 뇌우 차오위·오수경 옮김

345 모옌 중단편선 모옌·심규호, 유소영 옮김 노벨 문학상 수상 작가

346 일야서 한사오궁·심규호, 유소영 옮김

347 상속자들 골딩·안지현 옮김 노벨 문학상 수상 작가

348 설득 오스틴·전승희 옮김

349 히로시마 내 사랑 뒤라스·방미경 옮김

350 오 헨리 단편선 오 헨리·김희용 옮김

351·352 올리버 트위스트 디킨스·이인규 옮김

353·354·355·356 전쟁과 평화 톨스토이·연진희 옮김

357 다시 찾은 브라이즈헤드 에벌린 워·백지민 옮김

358 아무도 대령에게 편지하지 않다 마르케스·송병선 옮김

359 사양 다자이 오사무·유숙자 옮김

360 좌절 케르테스·한경민 옮김 노벨 문학상 수상 작가

361·362 닥터 지바고 파스테르나크·김연경 옮김 노벨 문학상 수상 작가

363 노생거 사원 오스틴·윤지관 옮김

364 개구리 모옌·심규호, 유소영 옮김 노벨 문학상 수상 작가

365 마왕 투르니에·이원복 옮김 공쿠르상 수상 작가

366 맨스필드 파크 오스틴·김영희 옮김

367 이선 프롬 이디스 워튼·김욱동 옮김 퓰리처상 수상 작가

368 여름 이디스 워튼·김욱동 옮김 퓰리처상 수상 작가

369·370·371 나는 고백한다 자우메 카브레·권가람 옮김

372·373·374 태엽 감는 새 연대기 무라카미 하루키·김난주 옮김

375·376 대사들 제임스·정소영 옮김

377 족장의 가을 마르케스·송병선 옮김 노벨 문학상 수상 작가

378 핏빛 자오선 매카시·김시현 옮김

379 모두 다 예쁜 말들 매카시·김시현 옮김

380 국경을 넘어 매카시·김시현 옮김

381 평원의 도시들 매카시·김시현 옮김

382 만년 다자이 오사무·유숙자 옮김

383 반항하는 인간 카뮈·김화영 옮김 노벨 문학상 수상 작가

384·385·386 악령 도스토옙스키·김연경 옮김

387 태평양을 막는 제방 뒤라스·윤진 옮김

388 남아 있는 나날 가즈오 이시구로·송은경 옮김

389 앙리 브륄라르의 생애 스탕달·원윤수 옮김

390 찻집 라오서·오수경 옮김

391 태어나지 않은 아이를 위한 기도 케르테스·이상동 옮김 노벨 문학상 수상 작가

392·393 서머싯 몸 단편선 서머싯 몸·황소연 옮김

394 케이크와 맥주 서머싯 몸·황소연 옮김

395 월든 소로·정회성 옮김

396 모래 사나이 E. T. A. 호프만·신동화 옮김

397·398 검은 책 오르한 파묵·이난아 옮김 노벨 문학상 수상 작가

399 방랑자들 올가 토카르추크·최성은 옮김 노벨 문학상 수상 작가

400 시여, 침을 뱉어라 김수영·이영준 엮음

401·402 환락의 집 이디스 워튼·전승희 옮김

403 달려라 메로스 다자이 오사무·유숙자 옮김

404 아버지와 자식 투르게네프·연진희 옮김

405 청부 살인자의 성모 바예호·송병선 옮김

406 세피아빛 초상 아옌데·조영실 옮김

407·408·409·410 사기 열전 사마천·김원중 옮김 서울대 권장도서 100선

411 이상 시 전집 이상·권영민 책임 편집

412 어둠 속의 사건 발자크·이동렬 옮김

413 태평천하 채만식·권영민 책임 편집

414·415 노스트로모 콘래드·이미애 옮김

416·417 제르미날 졸라·강충권 옮김

418 명인 가와바타 야스나리·유숙자 옮김 노벨 문학상 수상 작가

419 핀처 마틴 골딩·백지민 옮김 노벨 문학상 수상 작가

420 사라진·샤베르 대령 발자크·선영아 옮김

421 빅 서 케루악·김재성 옮김

422 코뿔소 이오네스코·박형섭 옮김

423 블랙박스 오즈·윤성덕, 김영화 옮김

424·425 고양이 눈 애트우드·차은정 옮김

426·427 도둑 신부 애트우드·이은선 옮김

428 슈니츨러 작품선 슈니츨러·신동화 옮김

429·430 세계의 끝과 하드보일드 원더랜드 무라카미 하루키·김난주 옮김

431 멜랑콜리아 I–II 욘 포세·손화수 옮김 노벨 문학상 수상 작가

432 도적들 실러·홍성광 옮김

433 예브게니 오네긴·대위의 딸 푸시킨·최선 옮김

434·435 초대받은 여자 보부아르·강초롱 옮김

436·437 미들마치 엘리엇·이미애 옮김

438 이반 일리치의 죽음 톨스토이·김연경 옮김

439·440 캔터베리 이야기 초서·이동일, 이동춘 옮김

441·442 아소무아르 졸라·윤진 옮김

443 가난한 사람들 도스토옙스키·이항재 옮김

444·445 마차오 사전 한사오궁·심규호, 유소영 옮김

446 집으로 날아가다 랠프 엘리슨·왕은철 옮김

447 집으로부터 멀리 피터 케리·황가한 옮김

448 바스커빌가의 사냥개 코넌 도일·박산호 옮김

449 사냥꾼의 수기 투르게네프·연진희 옮김

450 필경사 바틀비·선원 빌리 버드 멜빌·이삼출 옮김

451 8월은 악마의 달 에드나 오브라이언·임슬애 옮김

세계문학전집은 계속 간행됩니다.